郑州市地方史研究丛书

郑州古代诗选

郑州市地方史志编纂委员会　主办
郑州市地方史志办公室　编著

中国水利水电出版社
www.waterpub.com.cn
·北京·

郑州市地方史研究丛书编纂委员会

主　　任　虎　强

副 主 任　李慧芳　朱　军

委　　员（按姓氏笔画排序）

王丹东　王淑慧　付　赟　冯凌义　刘　宁　刘长春

李新建　张　超　张　超　张宏杰　郑向阳　赵敏祥

贾　昊　黄卫红　梁豫生　景晓明

主　　编　朱　军

副 主 编　刘长春

编　　委（按姓氏笔画排序）

王东亮　王西林　王佰顺　冉　宁　向天燕　刘　伟

刘　琴　刘华东　李　磊　吴　边　袁玉强　路培育

编纂人员（按姓氏笔画排序）

刘　恒　许　昭　李　靖　李源荣　杨晓玥　赵悦如

陶　月　彭丽媛

学术顾问（按姓氏笔画排序）

王保国　安海蓉　孙英民　李伯谦　张万钧　张绍宇

杭　侃　胡惠林　韩国河

序

在中华文明发展的历史进程中，黄河流域以国家中心城市郑州为核心区域的中原文化源远流长，博大精深。全面、科学地收集整理历史文献是做好地方史研究的重要前提，也是深入探寻郑州国家中心城市文化根脉的一项基础性工作。

近年来，我们组织专家学者开展了“地方史研究丛书”的编纂工作，在认真整理古籍旧志的基础上，于2019年完成了《郑州历史地图集》《嘉靖郑州志校释》首批两部专著。2021年，根据《郑州市地方志工作规划（2021—2025）》部署要求，围绕编纂《郑州简史》，在郑州市委宣传部、郑州市文物局、郑州大学、中国水利水电出版社等单位及专家学者的支持帮助下，完成了《郑州古代诗选》《郑州金石志》（汉代编、北朝编、隋唐五代编、宋代编、金元代编、明代编、清代编）等8部专著的编纂出版。

诗言情，歌咏志，郑州是一座充满古典浪漫主义、现实主义色彩的诗歌之城。我们侧重地方史研究的角度，从历代典籍、诗集中对郑州地区的诗歌作品作了较系统的收集整理，编选夏、周、三国、西晋时期古诗30首；唐代91位诗人、214首；五代3位诗人、5首；宋代16位诗人、124首；金代25位诗人、75首；元代39位诗人、92首；明代5位诗人、33首；清代12位诗人、104首。这些作者基本涵盖了中国诗歌及文学史上最具代表性的重要人物，如《诗经》“郑风”“郐风”，唐代三大诗人李白、杜甫、白居易，唐宋八大家等。这些诗篇是郑州的历史记忆，为城市文化景观及其审美作了诗意、精彩的提炼与概括。

金石不朽，在中国的地方史志文献中，石刻资料以其原始性、真实性、地域性历来为研究者所重视，如北宋赵明诚所言，“史牒出于后人之手，不能无失，而刻词当时所立，可信不疑”。关于郑州古代石刻的著录及研究，自北宋欧阳修《集古录》、赵明诚《金石录》开始，成为历代金石著述、地方史志修纂的重要内容。此次编纂《郑州金石志》，是在郑州市文物局、郑州市博物馆及其商城遗址分馆、古荥汉代冶铁遗址分馆、郑州市文物考古研究院、管城区文物局、新郑市博物馆、新密市博物馆、荥阳市博物馆、郑州仁清金石传拓艺术博物馆、黄河博物馆等单位及诸多专家学者的大力支持下进行的，收集汉代以来石刻拓本近千种。许多为近年来最新出土，精心拓印，此次结集出版，弥足珍贵，为考证、辨识城市发展的历史脉络提供了丰富佐证。

地方史志研究，须以历史文献为根基，才能真正以史为鉴，发掘历史智慧，讲好郑州这座城市在辉煌灿烂的中华文明历史长河中所发生的生动故事。这也是郑州作为国家中心城市提升软实力，这也是弘扬中国气派、中国元素、中国精神的重要工作。

限于时间、篇幅，《郑州古代诗选》《郑州金石志》仅是初编，还有许多工作需要继续深入，我们将广泛征求意见，以期进一步修订完善，提高编纂水平。

编者

2021 年 12 月

目录

唐

五代

宋

元

明

顾炎武

钱谦益

龚鼎孳

吴伟业

屈大均

金农

袁枚

姚鼐

夏

五子之歌

夏人歌

五子之歌

太康失邦，昆弟五人须于洛汭，作《五子之歌》。

太康尸位，以逸豫灭厥德，黎民咸贰。乃盘游无度，畋于有洛之表，十旬弗反。有穷后羿因民弗忍，距于河，厥弟五人御其母以从，徯于洛之汭。五子咸怨，述大禹之戒以作歌。

其一曰："皇祖有训，民可近，不可下，民惟邦本，本固邦宁。予视天下，愚夫愚妇一能胜予。一人三失，怨岂在明，不见是图。予临兆民，懔乎若朽索之驭六马，为人上者，奈何不敬？"

其二曰："训有之，内作色荒，外作禽荒，甘酒嗜音，峻宇雕墙。有一于此，未或不亡。"

其三曰："惟彼陶唐，有此冀方。今失厥道，乱其纪纲，乃底灭亡。"

其四曰："明明我祖，万邦之君。有典有则，贻厥子孙。关石和钧，王府则有。荒坠厥绪，覆宗绝祀。"

其五曰："呜呼曷归？予怀之悲。万姓仇予，予将畴依？郁陶乎予心，颜厚有忸怩。弗慎厥德，虽悔可追？"

（辑自《尚书·虞夏书》）

夏人歌

《尚书大传》曰："夏人饮酒，醉者持不醉者，不醉者持醉者，而歌曰：'盍归乎亳，亳亦大矣。'伊尹退而更曰：'觉兮较兮，吾大命格兮。去不善而就善，何不乐兮。'亳，汤之都，言当归汤也。"《韩诗外传》曰："桀为酒池糟堤，纵靡靡之乐，一鼓而牛饮者三千。群臣皆相持而歌。"

江水沛兮，舟楫败兮。我王废兮，趣归于亳，亳亦大兮。

乐兮乐兮，四牡骄兮。六辔沃兮，去不善而从善，何不乐兮。

（辑自《乐府诗集》）

周

《诗经 · 郑风》

《诗经 · 郐风》

《诗经·郑风》

缁衣

缁衣之宜兮，敝，予又改为兮。适子之馆兮，还，予授子之粲兮。

缁衣之好兮，敝，予又改造兮。适子之馆兮，还，予授子之粲兮。

缁衣之席兮，敝，予又改作兮。适子之馆兮，还，予授子之粲兮。

将仲子

将仲子兮，无逾我里，无折我树杞。岂敢爱之？畏我父母。仲可怀也，父母之言，亦可畏也。

将仲子兮，无逾我墙，无折我树桑。岂敢爱之？畏我诸兄。仲可怀也，诸兄之言，亦可畏也。

将仲子兮，无逾我园，无折我树檀。岂敢爱之？畏人之多言。仲可怀也，人之多言，亦可畏也。

叔于田

叔于田，巷无居人。岂无居人？不如叔也，洵美且仁。

叔于狩，巷无饮酒。岂无饮酒？不如叔也，洵美且好。

叔适野，巷无服马。岂无服马？不如叔也，洵美且武。

大叔于田

叔于田，乘乘马。执辔如组，两骖如舞。叔在薮，火烈具举。襢裼暴虎，献于公所。将叔勿狃，戒其伤女。

叔于田，乘乘黄。两服上襄，两骖雁行。叔在薮，火烈具扬。叔善射忌，又良御忌。抑磬控忌，抑纵送忌。

叔于田，乘乘鸨。两服齐首，两骖如手。叔在薮，火烈具阜。叔马慢忌，叔发罕忌，抑释掤忌，抑鬯弓忌。

清人

清人在彭，驷介旁旁。二矛重英，河上乎翱翔。

清人在消，驷介麃麃。二矛重乔，河上乎逍遥。

清人在轴，驷介陶陶。左旋右抽，中军作好。

羔裘

羔裘如濡，洵直且侯。彼其之子，舍命不渝。

羔裘豹饰，孔武有力。彼其之子，邦之司直。

羔裘晏兮，三英粲兮。彼其之子，邦之彦兮。

遵大路

遵大路兮，掺执子之袪兮。无我恶兮，不寁故也！

遵大路兮，掺执子之手兮。无我魗兮，不寁好也！

女曰鸡鸣

女曰鸡鸣，士曰昧旦。子兴视夜，明星有烂。将翱将翔，弋凫与雁。

弋言加之，与子宜之。宜言饮酒，与子偕老。琴瑟在御，莫不静好。

知子之来之，杂佩以赠之。知子之顺之，杂佩以问之。知子之好之，杂佩以报之。

有女同车

有女同车，颜如舜华。将翱将翔，佩玉琼琚。彼美孟姜，洵美且都。

有女同行，颜如舜英。将翱将翔，佩玉将将。彼美孟姜，德音不忘。

山有扶苏

山有扶苏，隰有荷华。不见子都，乃见狂且。

山有乔松，隰有游龙，不见子充，乃见狡童。

萚兮

萚兮萚兮，风其吹女。叔兮伯兮，倡予和女。

萚兮萚兮，风其漂女。叔兮伯兮，倡予要女。

狡童

彼狡童兮，不与我言兮。维子之故，使我不能餐兮。

彼狡童兮，不与我食兮。维子之故，使我不能息兮。

褰裳

子惠思我，褰裳涉溱。子不我思，岂无他人？狂童之狂也且！

子惠思我，褰裳涉洧。子不我思，岂无他士？狂童之狂也且！

丰

子之丰兮，俟我乎巷兮，悔予不送兮。

子之昌兮，俟我乎堂兮，悔予不将兮。

衣锦褧衣，裳锦褧裳。叔兮伯兮，驾予与行。

裳锦褧裳，衣锦褧衣。叔兮伯兮，驾予与归。

东门之墠

东门之墠，茹藘在阪。其室则迩，其人甚远。

东门之栗，有践家室。岂不尔思？子不我即！

风雨

风雨凄凄，鸡鸣喈喈，既见君子。云胡不夷？

风雨潇潇，鸡鸣胶胶。既见君子，云胡不瘳？

风雨如晦，鸡鸣不已。既见君子，云胡不喜？

子衿

青青子衿，悠悠我心。纵我不往，子宁不嗣音？

青青子佩，悠悠我思。纵我不往，子宁不来？

挑兮达兮，在城阙兮。一日不见，如三月兮。

扬之水

扬之水，不流束楚。终鲜兄弟，维予与女。无信人之言，人实迋女。

扬之水，不流束薪。终鲜兄弟，维予二人。无信人之言，人实不信。

出其东门

出其东门，有女如云。虽则如云，匪我思存。缟衣綦巾，聊乐我员。

出其闉阇，有女如荼。虽则如荼，匪我思且。缟衣茹藘，聊可与娱。

野有蔓草

野有蔓草，零露漙兮。有美一人，清扬婉兮。邂逅相遇，适我愿兮。

野有蔓草，零露瀼瀼。有美一人，婉如清扬。邂逅相遇，与子偕臧。

溱洧

溱与洧，方涣涣兮。士与女，方秉蕑兮。女曰观乎？士曰既且。且往观乎？洧之外，洵訏且乐。维士与女，伊其相谑，赠之以勺药。

溱与洧，浏其清矣。士与女，殷其盈矣。女曰观乎？士曰既且。且往观乎？洧之外，洵訏且乐。维士与女，伊其将谑，赠之以勺药。

《诗经·郐风》

羔裘

羔裘逍遥，狐裘以朝。岂不尔思？劳心忉忉。

羔裘翱翔，狐裘在堂。岂不尔思？我心忧伤。

羔裘如膏，日出有曜。岂不尔思？中心是悼。

素冠

庶见素冠兮？棘人栾栾兮，劳心慱慱兮。

庶见素衣兮？我心伤悲兮，聊与子同归兮。

庶见素韠兮？我心蕴结兮，聊与子如一兮。

隰有苌楚

隰有苌楚，猗傩其枝。夭之沃沃，乐子之无知！

隰有苌楚，猗傩其华。夭之沃沃，乐子之无家！

隰有苌楚，猗傩其实。夭之沃沃，乐子之无室！

匪风

匪风发兮，匪车偈兮。顾瞻周道，中心怛兮。

匪风飘兮，匪车嘌兮。顾瞻周道，中心吊兮。

谁能亨鱼？溉之釜鬵。谁将西归？怀之好音。

《郑县志》[民国五年（1916 年）] 圃田春草图

三国·魏

缪袭

缪袭

战荥阳

战荥阳，汴水陂。
戎士愤怒，贯甲驰。
阵未成，退徐荥。
二万骑，堑垒平。
戎马伤，六军惊。
势不集，众几倾。
白日没，时晦冥，
顾中牟，心屏营。
同盟疑，计无成，
赖我武皇，万国宁。

克官渡

克绍官渡，由白马。
僵尸流血，被原野。
贼众如犬羊，王师尚寡。
沙塠傍，风飞扬。
转战不利，士卒伤。
今日不胜，后何望。
土山地道，不可当。
卒胜大捷，震冀方。
屠城破邑，神武遂章。

汴河新柳

《郑县志》[民国五年（1916 年）] 汴河新柳图

西晋

荥阳令歌

荥阳令歌

《殷氏世传》曰：“殷褒，为荥阳令，广筑学馆，会集朋徒，民知礼让，乃歌之云。”

荥阳令，有异政。修立学校人易性，令我子弟耻斗讼。

（辑自《乐府诗集》）

《郑县志》[民国五年（1916 年）] 梅峰远眺图

武则天

李显（中宗）

李旦（睿宗）

李隆基（玄宗）

刘孝孙

狄仁杰

张九龄

杨炯

宋之问

李峤

姚崇

苏味道

崔融

阎朝隐

李适

苏颋

徐彦伯

武三思

张易之

张昌宗

薛曜

杨敬述

于季子

刘希夷

张说

沈佺期

徐坚

杨浚

卢鸿一

王维

祖咏

李颀

唐

储光羲
王昌龄
刘长卿
崔曙
李白
韦应物
岑参
王邕
高适
杜甫
钱起
韩翃
独孤及
皇甫冉
顾况
窦群

白居易
朱长文
戴叔伦
权德舆
杨巨源
韩愈
陈羽
欧阳詹
柳宗元
刘禹锡
孟郊
张籍
薛存诚
张碧
徐凝
李德裕

李绅
姚合
张祜
雍陶
许浑
李商隐
赵嘏
贾岛
李频
曹邺
汪尊
皮日休
聂夷中
张乔
李咸用
方干

罗邺
罗隐
郑谷
崔涂
吴融
杜荀鹤
清江
皎然
栖白
贯休
齐己

武则天

从驾幸少林寺并序

睹先妃营建之所，倍切茕衿，逾凄远慕。聊题即事，用述悲怀。

陪銮游禁苑，侍赏出兰闱。
云偃攒峰盖，霞低插浪旗。
日宫疏涧户，月殿启岩扉。
金轮转金地，香阁曳香衣。
铎吟轻吹发，幡摇薄雾霏。
昔遇焚芝火，山红连野飞。
花台无半影，莲塔有全辉。
实赖能仁力，攸资善世威。
慈缘兴福绪，于此罄归依。
风枝不可静，泣血竟何追。

石淙

即平乐涧

三山十洞光玄箓，玉峤金峦镇紫微。
均露均霜标胜壤，交风交雨列皇畿。
万仞高岩藏日色，千寻幽涧浴云衣。
且驻欢筵赏仁智，雕鞍薄晚杂尘飞。

《郑县志》[民国五年（1916 年）] 古塔晴云图

李显（中宗）

石淙

太子时作

三阳本是标灵纪，二室由来独擅名。
霞衣霞锦千般状，云峰云岫百重生。
水炫珠光遇泉客，岩悬石镜厌山精。
永愿乾坤符睿算，长居膝下属欢情。

李旦（睿宗）

石淙

相王时作

奇峰嶾嶙箕山北，秀崿岧峣嵩镇南。
地首地肺何曾拟，天目天台倍觉惭。
树影蒙茏鄣叠岫，波深汹涌落悬潭。
□愿紫宸居得一，永欣丹扆御通三。

李隆基（玄宗）

行次城皋，途经先圣擒建德之所，缅思功业，感而赋诗

有隋政昏虐，群雄已交争。
先圣按剑起，叱咤风云生。
饮马河洛竭，作气嵩华惊。
克敌睿图就，擒俘帝道亨。
顾惭嗣宝历，恭承天下平。
幸过翦鲸地，感慕神且英。

刘孝孙

早发成皋望河

清晨发岩邑，车马走轘辕。
回瞰黄河上，惝怳屡飞魂。
鸿流遵积石，惊浪下龙门。
仙槎不辨处，沉璧想犹存。
远近洲渚出，飒沓凫雁喧。
怀古空延伫，叹逝将何言。

狄仁杰

奉和圣制夏日游石淙山

宸晖降望金舆转，仙路峥嵘碧涧幽。
羽仗遥临鸾鹤驾，帷宫直坐凤麟洲。
飞泉洒液恒疑雨，密树含凉镇似秋。
老臣预陪悬圃宴，余年方共赤松游。

张九龄

奉和圣制次成皋先圣擒窦建德之所

天命诚有集，王业初惟艰。
翦商自文祖，夷项在兹山。
地识斩蛇处，河临饮马间。
威加昔运往，泽流今圣还。
尊祖颂先烈，赓歌安用攀。
绍成即我后，封岱出天关。

《登封县志》[清乾隆九年（1744 年）] 太室图

杨炯

送郑州周司空

汉国临清渭，京城枕浊河。
居人下珠泪，宾御促骊歌。
望极关山远，秋深烟雾多。
唯余三五夕，明月暂经过。

宋之问

初至崖口

崖口众山断，嵚崟耸天壁。
气冲落日红，影入春潭碧。
锦缋织苔藓，丹青画松石。
水禽泛容与，岩花飞的砾。
微路从此深，我来限于役。
惆怅情未已，群峰黯将夕。

入崖口五渡寄李适

抱琴登绝壑，伐木溯清川。
路极意谓尽，势回趣转绵。
人远草木秀，山深云景鲜。
余负海峤情，自昔微尚然。
弥旷十余载，今来宛仍前。
未窥仙源极，独进野人船。
时攀乳窦憩，屡薄天窗眠。
夜弦响松月，朝楫弄苔泉。
因冥象外理，永谢区中缘。
碧潭可遗老，丹砂堪学仙。
莫使驰光暮，空令归鹤怜。

奉和梁王宴龙泓应教

水府沦幽壑，星轺下紫微。
鸟惊司仆驭，花落侍臣衣。
芳树摇春晚，晴云绕座飞。
淮王正留客，不醉莫言归。

扈从登封途中作

帐殿郁崔嵬，仙游实壮哉。
晓云连幕卷，夜火杂星回。
谷暗千旗出，山鸣万乘来。
扈从良可赋，终乏掞天材。

嵩山岭应制

翼翼高旌转，锵锵凤辇飞。
尘销清跸路，云湿从臣衣。
白羽摇丹壑，天营逼翠微。
芳声耀今古，四海警宸威。

扈从登封告成颂

复道开行殿，钩陈列禁兵。
和风吹鼓角，佳气动旗旌。
后骑回天苑，前山入御营。
万方俱下拜，相与乐升平。

扈从登封告成颂应制

御路回中岳，天营接下都。
百灵无后至，万国竞前驱。
文卫严清跸，幽仙读宝符。
贝花明汉果，芝草入尧厨。
济济衣冠会，喧喧夷夏俱。
宗禋仰神理，刊木望川途。
抚己贫非病，时来本不愚。
愿陪丹凤辇，率舞白云衢。

岳寺应制

暂幸珠筵地，俱怜石濑清。
泛流张翠幕，拂迥挂红旗。
雅曲龙调管，芳樽蚁泛觥。
陪欢玉座晚，复得听金声。

幸少林寺应制

绀宇横天室，回銮指帝州。
曙阴迎日尽，春气抱岩流。
空乐繁行漏，香烟薄彩游。
玉膏从此泛，仙驭接浮丘。

嵩南九里旧鹊村作

弊庐接箕颍，北望嵩山隅。
兹岭雄且秀，彩翠横天衢。
家世事灵岳，岩栖安敢渝。
从俗因迹化，归静知心愚。
上违先人训，下怜菲薄躯。
自问何功业，谬与贤俊俱。
执羁翊龙羽，秉笔游鸿都。
尸禄负诸己，日使田园芜。
常恐白云意，溘尽黄埃涂。
妙年负恩德，欲去何踟蹰。
明主本尚道，黄屋均蓬壶。
饮惠可冥分，归事烧金炉。

三阳宫石淙侍宴应制得幽字

离宫秘苑胜瀛洲，别有仙人洞壑幽。
岩边树色含风冷，石上泉声带雨秋。
鸟向歌筵来度曲，云依帐殿结为楼。
微臣昔忝方明御，今日还陪八骏游。

使至嵩山寻杜四不遇，慨然复伤田洗马、韩观主，因以题壁赠杜侯

洛桥瞻太室，期子在云烟。
归来不相见，孤赏弄寒泉。
与君阔松石，于兹二十年。
田公谢昭世，韩子秘幽埏。
忆昔同携手，山栖接二贤。
笙歌入玄地，诗酒坐寥天。
旧友悉零落，罢琴私自怜。
逝者非药误，餐霞意可全。
为余理还策，相与事灵仙。

雨从箕山来

雨从箕山来，倏与飘风度。
晴明西峰日，绿缛南溪树。
此时客精庐，幸蒙真僧顾。
深入清净理，妙断往来趣。
意得两契如，言尽共忘谕。
观花寂不动，闻鸟悬可悟。
向夕闻天香，淹留不能去。

卧闻嵩山钟

卧闻嵩山钟，振衣步蹊樾。
槁叶零宿雨，新鸿叫晴月。
物改兴心换，夜凉清机发。
昔事潘真人，北岑采薇蕨。
倚岩顾我笑，谓我有仙骨。
铭德在青春，徇禄去玄发。
悔往自昭洗，练形归洞窟。

陪群公登箕山赋得群字

许由去已远，冥莫见幽坟。
世薄人不贵，兹山唯白云。
宁知三千岁，复有尧为君。
时佐激颓俗，登箕挹清芬。
高节虽旦暮，邈与洪崖群。

下山歌

下嵩山兮多所思，携佳人兮步迟迟。
松间明月长如此，君再游兮复何时。

嵩山天门歌

登天门兮坐盘石之嶙峋，前漎漎兮未半，下漠漠兮无垠。纷窈窕兮岩倚披以鹏翅，洞胶葛兮峰棱层以龙鳞。松移岫转，左变而右易；风生云起，出鬼而入神。吾亦不知其灵怪如此，愿游杳冥兮见羽人。

重曰：天门兮穹崇，回合兮攒丛。松万接兮柱日，石千寻兮倚空。晚阴兮足风，夕阳兮艳红。试一望兮夺魄，况众妙之无穷。

嵩山夜还

家住嵩山下，好采旧山薇。

自省游泉石，何曾不夜归。

游嵩岳待寄诗诮之

嵩峰高不极，上有玉琅玕。

佳游竟不至，何以慰长叹。

李峤

石淙

羽盖龙旗下绝冥，兰除薜幄坐云扃。
鸟和百籁疑调管，花发千岩似画屏。
金灶浮烟朝漠漠，石床寒水夜泠泠。
自然碧洞窥仙境，何必丹丘是福庭。

姚崇

奉和圣制夏日游石淙山

二室三涂光地险，均霜揆日处天中。
石泉石镜恒留月，山鸟山花竞逐风。
周王久谢瑶池赏，汉主悬惭玉树宫。
别有祥烟伴佳气，能随轻辇共葱葱。

苏味道

和武三思于天中寺寻复礼上人之作

藩戚三雍暇，禅居二室隈。
忽闻从桂苑，移步践花台。
敏学推多艺，高谈属辩才。
是非宁滞著，空有掠嫌猜。
五行幽机畅，三蕃妙键开。
味同甘露洒，香似逆风来。
砌古留方石，池清辨烧灰。
人寻鹤洲返，月逐虎溪回。
企躅瞻飞盖，攀游想渡杯。
愿陪为善乐，从此去尘埃。

嵩山石淙侍宴应制

雕舆藻卫拥千官，仙洞灵溪访九丹。
隐暖源花迷近路，参差岭竹扫危坛。
重崖对耸霞文驳，瀑水交飞雨气寒。
天洛宸襟有馀兴，裴回周矖驻归銮。

崔融

嵩山石淙侍宴应制

洞口仙岩类削成，泉香石冷昼含清。
龙旗画月中天下，凤管披云此地迎。
树作帷屏阳景翳，芝如宫阙夏凉生。
今朝出豫临悬圃，明日陪游向赤城。

阎朝隐

奉和圣制夏日游石淙山

金台隐隐陵黄道，玉辇亭亭下绛雰。
千种冈峦千种树，一重岩壑一重云。
花落风吹红的历，藤垂日晃绿葐蒀。
五百里内贤人聚，愿陪阊阖侍天文。

《登封县志》[清乾隆九年（1744 年）] 少室图

李适

答宋十一崖口五渡见赠

闻君访远山，跻险造幽绝。
眇然青云境，观奇弥年月。
登岭亦溯溪，孤舟事沿越。
嵔嵲传彩翠，崖磴互欹缺。
石林上攒丛，金涧下明灭。
扪壁窥丹井，梯苔瞰乳穴。
忽枉岩中赠，对玩未尝辍。
殷勤独往事，委曲炼药说。
邀余名山期，从尔泛海澨。
岁晏秉宿心，斯言非徒设。

苏颋

奉和圣制行次城皋途经先圣擒建德之所感而成诗应制

汉东不执象，河朔方斗龙。
夏灭渐宁乱，唐兴终奋庸。
皇威正赫赫，兵气何匈匈。
用武三川震，归淳六代醲。
成皋睹王业，天下致人雍。
即此巡于岱，曾孙受命封。

徐彦伯

和李适答宋十一入崖口五渡见赠

闻有独往客，拂衣捐世心。
结欣薄枉渚，撰念素旧林。
经亘去崖合，冥绵归壑深。
琪树环碧彩，金潭生翠阴。
沿洄弄沙榜，诡仄眺明岑。
夕闻桂里猿，晓玩松上禽。
杂佩蕴孤袖，琼敷缀双襟。
我怀沧洲想，懿尔白云吟。
秉愿理方协，存期迹易寻。
兹言庶不负，为报岩中琴。

武三思

奉和圣制夏日游石淙山

此地岩壑数千重，吾君驾鹤□乘龙。
掩映叶光含翡翠，参差石影带芙蓉。
白日将移冲叠巘，玄云欲度碍高峰。
对酒鸣琴追野趣，时闻清吹入长松。

宴龙泓

登临开胜托，眺瞩尽良游。
岩崿萦纡上，澄潭屈曲流。
泛兰清兴洽，折桂野文遒。
别后相思处，崎岖碧涧幽。

秋日于天中寺寻复礼上人

妙域三时殿，香岩七宝宫。
金绳先界道，玉柄即谈空。
喻筏知何极，传灯竟不穷。
弥天高义远，初地胜因通。
理诣归一处，心行不二中。
有无双惑遣，真俗两缘同。
摘叶疑焚翠，投花若散红。
网珠遥映日，檐铎近吟风。
定沼寒光素，禅枝暝色葱。
愿随方便力，长冀释尘笼。

张易之

奉和圣制夏日游石淙山

六龙骧首晓骎骎，七圣陪轩集颍阴。
千丈松萝交翠幕，一丘山水当鸣琴。
青鸟白云王母使，垂藤断葛野人心。
山中日暮幽岩下，泠然香吹落花深。

张昌宗

奉和圣制夏日游石淙山

云车遥裔三珠树，帐殿交阴八桂丛。
涧险泉声疑度雨，川平桥势若晴虹。
叔夜弹琴歌白雪，孙登长啸韵清风。
即此陪欢游阆苑，无劳辛苦向崆峒。

薛曜

奉和圣制夏日游石淙山

玉洞幽寻更是天，朱霞绿景镇韶年。
飞花藉藉迷行路，啭鸟遥遥作管弦。
雾隐长林成翠幄，风吹细雨即虹泉。
此中碧酒恒参圣，浪道昆山别有仙。

杨敬述

奉和圣制夏日游石淙山

山中别有神仙地，屈曲幽深碧涧垂。
岩前暂驻黄金辇，席上还飞白玉卮。
远近风泉俱合杂，高低云石共参差。
林壑偏能留睿赏，长天莫遽下丹曦。

于季子

奉和圣制夏日游石淙山

九旗云布临嵩室，万骑星陈集颍川。

瑞液含滋登禹膳，飞流荐响入虞弦。

山扉野径朝花积，帐殿帷宫夏叶连。

微臣献寿迎千寿，愿奉尧年倚万年。

刘希夷

嵩岳闻笙

月出嵩山东，月明山益空。

山人爱清景，散发卧秋风。

风止夜何清，独夜草虫鸣。

仙人不可见，乘月近吹笙。

绛唇吸灵气，玉指调真声。

真声是何曲，三山鸾鹤情。

昔去落尘俗，愿言闻此曲。

今来卧嵩岑，何幸承幽音。

神仙乐吾事，笙歌铭夙心。

张说

奉和圣制行次城皋应制

夏氏阶隋乱，自言河朔雄。

王师进谷水，兵气临山东。

前扫成皋阵，却下洛阳宫。

义合帝图起，威加天宇同。

轩台百年外，虞典一巡中。

战龙思王业，倚马赋神功。

送考功武员外学士使嵩山署舍利塔

怀玉泉，恋仁者，寂灭真心不可见，空留影塔嵩岩下。

宝王四海转千轮，金昙百粒送分身。

山中二月娑罗会，虚呗遥遥愁思人。

我念过去微尘劫，与子禅门同正法。

虽在神仙兰省间，常持清净莲花叶。

来亦好，去亦好，了观车行马不移，当见菩提离烦恼。

沈佺期

嵩山石淙侍宴应制

金舆旦下绿云衢，彩殿晴临碧涧隅。
溪水泠泠逐行漏，山烟片片引香炉。
仙人六膳调神鼎，玉女三浆捧玉壶。
自惜汾阳纡道驾，无如太室览真图。

游少林寺

长歌游宝地，徙倚对珠林。
雁塔风霜古，龙池岁月深。
绀园澄夕霁，碧殿下秋阴。
归路烟霞晚，山蝉处处吟。

岳馆

洞壑仙人馆，孤峰玉女台。
空濛朝气合，窈窕夕阳开。
流涧含轻雨，虚岩应薄雷。
正逢鸾与鹤，歌舞出天来。

徐坚

送考功武员外学士使嵩山置舍利塔歌

伊川别骑，灞岸分筵。
对三春之花月，览千里之风烟。
望青山兮分地，见白云兮在天。
寄愁心于樽酒，怆离绪于清弦。
共握手而相顾，各衔凄而黯然。

杨浚

广武怀古

河水城下流，登城望弥惬。
海云飞不断，岸草绿相接。
龙门无旧场，武牢有遗堞。
扼喉兵易守，扪指计何捷。
天夺项氏谋，卒成汉家业。
乡山遥可见，西顾泪盈睫。

卢鸿一

嵩山十志十首

草堂

草堂者，盖因自然之谿阜，前当墉洫；资人力之缔构，后加茅茨。将以避燥湿，成栋宇之用；昭简易，叶乾坤之德，道可容膝休闲。谷神同道，此其所贵也。及靡者居之，则妄为剪饰，失天理矣。词曰：

山为宅兮草为堂，芝兰兮药房。

罗蘼芜兮拍薜荔，荃壁兮兰砌。

蘼芜薜荔兮成草堂，阴阴邃兮馥馥香，中有人兮信宜常。

读金书兮饮玉浆，童颜幽操兮不易长。

倒景台

倒景台者，盖太室南麓，天门右崖，杰峰如台，气凌倒景。登路有三处可憩，或曰三休台，可以邀驭风之客，会绝尘之子。超逸真，荡遐襟，此其所绝也。及世人登焉，则魂散神越，目极心伤矣。词曰：

天门豁兮仙台耸，杰屹崒兮零澒涌。

穷三休兮旷一观，忽若登昆仑兮中期汗漫仙。

耸天关兮倒景台，鲨颢气兮轶嚣埃。

皎皎之子兮自独立，云可朋兮霞可吸，曾何荣辱之所及。

樾馆

樾馆者，盖即林取材，基颠柘，架茅茨，居不期逸，为不至劳，清谈娱宾，斯为尚矣。及荡者鄙其隘阒，苟事宏湎，乖其宾矣。词曰：

紫岩隈兮青谿侧，云松烟茑兮千古色。

芳霾蘼兮荫蒙茏，幽人构馆兮在其中。

霾蘼蒙茏兮开樾馆，卧风霄兮坐霞旦。

粤有宾兮时戾止，樵苏不爨兮清谈已，永岁终朝兮常若此。

枕烟庭

枕烟庭者，盖特峰秀起，意若枕烟。秘庭凝虚，窅若仙会，即扬雄所谓爰静神游之庭是也。可以超绝纷世，永洁精神矣。及机士登焉，则寥阒戃恍，愁怀情累矣。词曰：

临泱漭兮背青荧，吐云烟兮合窅冥。

怳欻翕兮沓幽霭，意缥缈兮群仙会。

窅冥仙会兮枕烟庭，竦魂形兮凝视听。

闻夫至诚必感兮祈此巅，契颢气，养丹田，终仿像兮觏灵仙。

云锦淙

云锦淙者，盖激溜冲攒，倾石丛倚，鸣湍叠濯，喷若雷风，诡辉分丽，焕若云锦。可以莹发灵瞩，幽玩忘归。及匪士观之，则反曰寒泉伤玉趾矣。词曰：

水攒冲兮石丛耸，焕云锦兮喷汹涌。

苔驳荦兮草夤缘，芳幂幂兮濑溅溅。

石攒丛兮云锦淙，波连珠兮文沓缝。

有洁冥者媚此幽，漱灵液兮乐天休，实获我心兮夫何求。

期仙磴

期仙磴者，盖危磴穹窿，迥接云路，灵仙仿佛，若可期及。儒者毁所不见则黜之，盖疑冰之谈信矣。词曰：

霏微阴壑兮气腾虹，迤逦危磴兮上凌空。

青霞杪兮紫云垂，鸾歌凤舞兮吹参差。

鸾歌凤舞兮期仙磴，鸿驾迎兮瑶华赠。

山中人兮好神仙，想像闻此兮欲升烟，铸月炼液兮伫还年。

涤烦矶

涤烦矶者，盖穷谷峻崖，发地盘石，飞流攒激，积漱成渠。澡性涤烦，迥有幽致。可为智者说，难为俗人言。词曰：

灵矶盘礴兮溜奔错，漱冷风兮镇冥壑。

研苔滋兮泉珠洁，一饮一憩兮气想灭。

磷涟清淬兮涤烦矶，灵仙境兮仁智归。

中有琴兮徽以玉，峨峨汤汤兮弹此曲，寄声知音兮同所欲。

幂翠庭

幂翠庭者，盖崖巘积阴，林萝沓翠，其上绵幂，其下深湛。可以王神，可以冥道矣。及喧者游之，则酣谑永日，汩清薄厚。词曰：

青崖阴兮月涧曲，重幽叠邃兮隐沦躅。

草树绵幂兮翠蒙茏，当其无兮庭在中。

当无有用兮幂翠庭，神可谷兮道可冥。

有幽人兮张素琴，皇徽兮绿水阴，德之愔兮澹多心。

洞元室

洞元室者，盖因岩作室，即理谈玄，室返自然，元斯洞矣。及邪者居之，则假容窃次，妄作虚诞，竟以盗言。词曰：

岚气肃兮岩翠冥，空阴虚兮户芳迎。

披蕙帐兮促萝筵，谈空空兮核元元。

蕙帐萝筵兮洞元室，秘而幽兮真可吉。

返自然兮道可冥，泽妙思兮草玄经，结幽门兮在黄庭。

金碧潭

金碧潭者，盖水洁石鲜，光涵金碧，岩葩林茑，有助芳阴。鉴空洞虚，道斯胜矣。而世生缠乎利害，则未暇游之。词曰：

水碧色兮石金光，滟熠熠兮溅湟湟。

泉葩映兮烟茑临，红灼灼，翠阴阴。

翠相鲜兮金碧潭，霜天洞兮烟景涵。

有幽人兮好冥绝，炳其焕兮凝其洁，悠悠千古兮长不灭。

王维

宿郑州

朝与周人辞，暮投郑人宿。
他乡绝俦侣，孤客亲僮仆。
宛洛望不见，秋霖晦平陆。
田父草际归，村童雨中牧。
主人东皋上，时稼绕茅屋。
虫思机杼悲，雀喧禾黍熟。
明当渡京水，昨晚犹金谷。
此去欲何言，穷边徇微禄。

早入荥阳界

泛舟入荥泽，兹邑乃雄藩。
河曲闾阎隘，川中烟火繁。
因人见风俗，入境闻方言。
秋野田畴盛，朝光市井喧。
渔商波上客，鸡犬岸旁村。
前路白云外，孤帆安可论。

寒食汜上作

广武城边逢暮春，汶阳归客泪沾巾。
落花寂寂啼山鸟，杨柳青青渡水人。

归嵩山作

清川带长薄，车马去闲闲。
流水如有意，暮禽相与还。
荒城临古渡，落日满秋山。
迢递嵩高下，归来且闭关。

留别山中温古上人兄并示舍弟缙

解薜登天朝，去师偶时哲。
岂惟山中人，兼负松上月。
宿昔同游止，致身云霞末。
开轩临颍阳，卧视飞鸟没。
好依盘石饭，屡对瀑泉歇。
理齐少狎隐，道胜宁外物。
舍弟官崇高，宗兄此削发。
荆扉但洒扫，乘闲当过拂。

过乘如禅师萧居士嵩丘兰若

无著天亲弟与兄，嵩丘兰若一峰晴。
食随鸣磬巢乌下，行踏空林落叶声。
迸水定侵香案湿，雨花应共石床平。
深洞长松何所有，俨然天竺古先生。

送方尊师归嵩山

仙官欲住九龙潭，旄节朱幡倚石龛。
山压天中半天上，洞穿江底出江南。
瀑布杉松常带雨，夕阳彩翠忽成岚。
借问迎来双白鹤，已曾衡岳送苏耽。

祖咏

夕次圃田店

前路入郑郊，尚经百余里。
马烦时欲歇，客归程未已。
落日桑柘阴，遥村烟火起。
西还不遑宿，中夜渡泾水。

李颀

赠焦炼师

得道凡百岁，烧丹惟一身。
悠悠孤峰顶，日见三花春。
白鹤翠微里，黄精幽涧滨。
始知世上客，不及山中人。
仙境若在梦，朝云如可亲。
何由睹颜色，挥手谢风尘。

送刘十

三十不官亦不娶，时人焉识道高下。
房中唯有老氏经，枥上空馀少游马。
往来嵩华与函秦，放歌一曲前山春。
西林独鹤引闲步，南涧飞泉清角巾。
前年上书不得意，归卧东窗兀然醉。
诸兄相继掌青史，第五之名齐骠骑。
烹葵摘果告我行，落日夏云纵复横。
闻道谢安掩口笑，知君不免为苍生。

送王道士还山

嵩阳道士餐柏实，居处三花对石室。
心穷伏火阳精丹，口诵淮王万毕术。
自言神诀不可求，我师闻之玄圃游。
出入彤庭佩金印，承恩赫赫如王侯。
双峰树下曾受业，应传肘后长生法。
吾闻仙地多后身，安知不是具茨人。
玉膏清泠瀑泉水，白云溪中日方此。
后今不见数十年，鬓发颜容只如是。
先生舍我欲何归，竹杖黄裳登翠微。
当有岩前白蝙蝠，迎君日暮双来飞。

少室雪晴赠王宁

少室众峰几峰别，一峰晴见一峰雪。
隔城半山连青松，素色峨峨千万重。
过景斜临不可道，白云欲尽难为容。
行人与我玩幽境，北风切切吹衣冷。
惜别浮桥驻马时，举头试望南山岭。

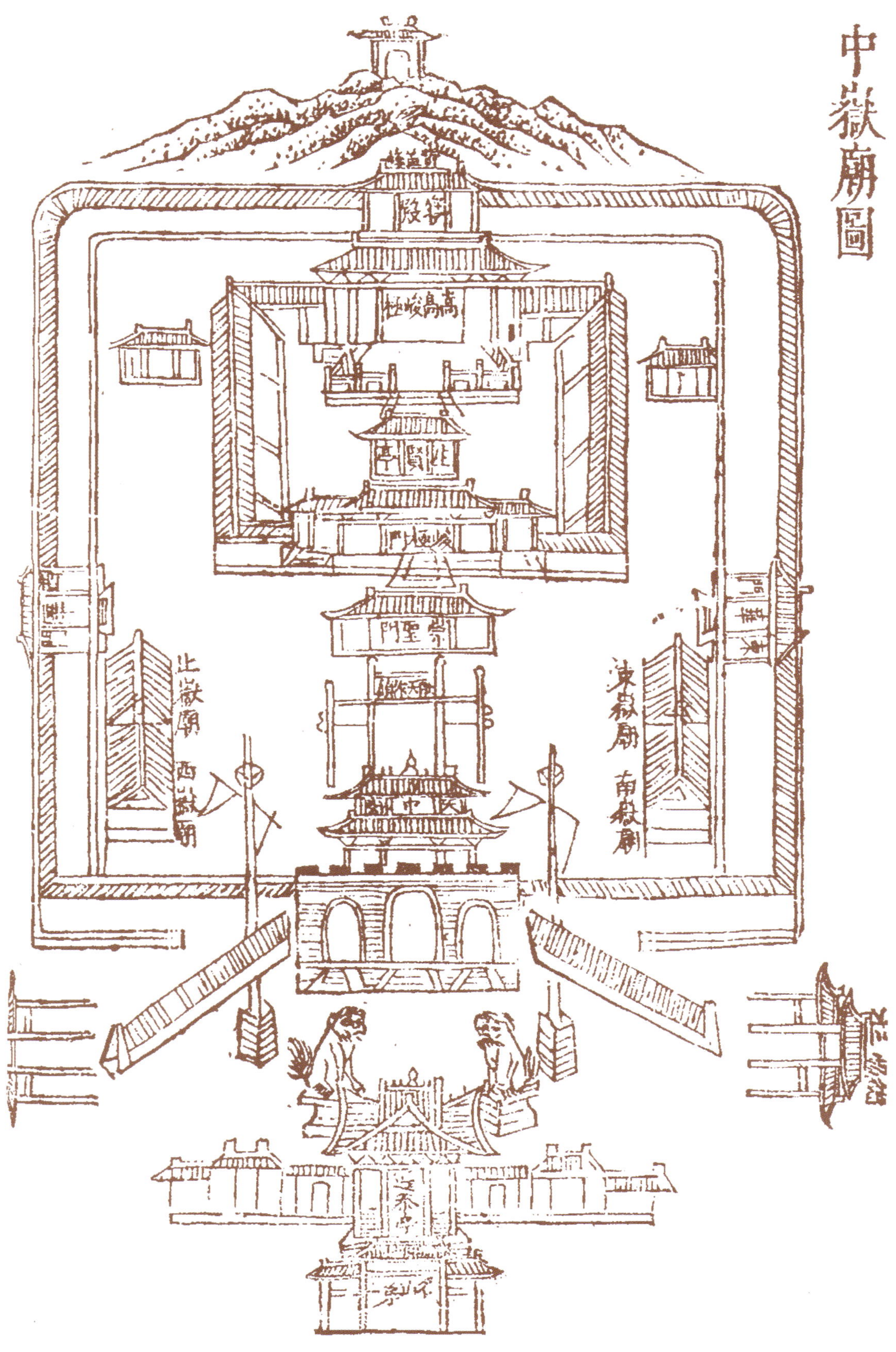

《登封县志》[清乾隆九年（1744 年）] 中岳庙图

储光羲

至嵩阳观即天皇故宅

真人上清室，乃在中峰前。

花雾生玉井，霓裳画列仙。

念兹宫故宇，多此地新泉。

松柏有清阴，薜萝亦自妍。

一闻步虚子，又话逍遥篇。

忽若在云汉，风中意泠然。

至岳寺即大通大照禅塔上温上人

秋山下映宫，宫色宜朝阳。

迢递在半岭，参差非一行。

燕息云满门，出游花隐房。

二尊此成道，禅宇遥相望。

凤铎天中鸣，岩梯松下长。

山墟响信鼓，蘅薄生蕙香。

起灭一以雪，往来亦诚亡。

悲哉门弟子，要自知心长。

至闲居精舍呈正上人

即天皇故宫

太室三招提，其趣皆不同。
不同非一趣，况是天游宫。
双岭前夹门，阁道复横空。
宝坊若花积，宛转不可穷。
流泉自成池，清松信饶风。
秋晏景气迥，皛明丹素功。
将近隐者邻，远与西山通。
大师假惠照，念以息微躬。

晚次东亭献郑州宋使君文

自初宾上国，乃到邹人乡。
曾点与曾子，俱升阙里堂。
武皇恢大略，逸翮思寥廓。
三居清宪台，两拜文昌阁。
为道既贞信，处名犹謇谔。
铁柱励风威，锦轴含光辉。
夜闻持简立，朝看伏奏归。
洞门清佩响，广路玉珂飞。
骧首入丹掖，抟空趋太微。
丝纶逢圣主，出入飘华组。
愔愔宿帝梧，侃侃居文府。
海内语三独，朝端谋六户。

善计在弘羊，清严归仲举。
侍郎跨方朔，中丞蔑周处。
天眷择循良，惟贤降宠章。
分符指聊摄，为政本农桑。
籍籍歌五袴，祁祁颂千箱。
随车微雨洒，逐扇清风扬。
既以迁列国，复兹邻帝乡。
褰帷乃仍旧，坐啸非更张。
居敬物无扰，履端人自康。
薄游出京邑，引领东南望。
林晚鸟雀噪，田秋稼穑黄。
成皋天地险，广武征战场。
道丧苦兵赋，时来开井疆。
霏霏渠门色，晻晻制岩光。
徒念京索近，独悲溱洧长。
大明潜照耀，淑慝自昭彰。
昔岁幸西土，今兹归洛阳。
同焉知郑伯，当辅我周王。

巩城东庄道中作

北陵散寒鸟，西山照初日。
婉娈晋阳京，踟蹰野人室。
南轩草间去，后乘林中出。
霭霭长路暖，迟迟狭路归。
蜉蝣时蔽月，枳棘复伤衣。
城上东风起，河边早雁飞。
夏王纪冬令，殷人乃正月。
涯口度新云，山阴留故雪。
幸逢耆耋话，馀待亲邻别。
总辔出丛薄，歇鞍登峻隅。
春源既荡漭，伏战亦睢盱。
未获遵平道，徒言信薄夫。

巩城南河作寄徐三景晖

初年雨候迟，巩洛河流小。
摇摇芳草岸，屡见春山晓。
清露洗云林，轻波戏鱼鸟。
唯言故人远，不念乡川眇。
舟楫去潆回，湍潊行奔峭。
寄书千里路，莫道南鸿少。

荥阳马氏二子

圣君封太岳，十月建行旃。
辇路开千里，寒云霁九天。
故人多侍从，二子留伊川。
河兖冰初合，关城月屡圆。
暝过荥水上，闻说郑卿贤。
材蔽行人右，名居东里先。
制岩开别业，桑柘亦依然。
待至金园侧，相将居一廛。

王昌龄

就道士问周易参同契

仙人骑白鹿，发短耳何长。
时余采菖蒲，忽见嵩之阳。
稽首求丹经，乃出怀中方。
披读了不悟，归来问嵇康。
嗟余无道骨，发我入太行。

赵十四兄见访

客来舒长簟，开閤延清风。
但有无弦琴，共君尽尊中。
晚来常读易，顷者欲还嵩。
世事何须道，黄精且养蒙。
嵇康殊寡识，张翰独知终。
忽忆鲈鱼鲙，扁舟往江东。

谒焦炼师

中峰青苔壁，一点云生时。
岂意石堂里，得逢焦炼师。
炉香净琴案，松影闲瑶墀。
拜受长年药，翩翻西海期。

刘长卿

送灵澈上人

苍苍竹林寺，杳杳钟声晚。
荷笠带斜阳，青山独归远。

《登封县志》[清乾隆九年（1744 年）] 嵩阳书院图

送灵澈上人归嵩阳兰若

南地随缘久，东林几岁空。
暮山门独掩，春草路难通。
作梵连松韵，焚香入桂丛。
唯将旧瓶钵，却寄白云中。

早春赠别赵居士还江左，时长卿下第归嵩阳故居

见君风尘里，意出风尘外。
自有沧洲期，含情十余载。
深居凤城曲，日预龙华会。
果得僧家缘，能遗俗人态。
一身今已适，万物知何爱。
悟法电已空，看心水无碍。
且将穷妙理，兼欲寻胜概。
何独谢客游，当为远公辈。
放舟驰楚郭，负杖辞秦塞。
目送南飞云，令人想吴会。
遥思旧游处，仿佛疑相对。
夜火金陵城，春烟石头濑。
沧波极天末，万里明如带。
一片孤客帆，飘然向青霭。
楚天合江气，云色常霮雨。
隐见湖中山，相连数州内。
君行意可得，全与时人背。

归路随枫林，还乡念莼菜。
顾予尚羁束，何幸承眄睐。
素愿徒自勤，清机本难逮。
累幸忝宾荐，末路逢沙汰。
濩落名不成，裴回意空大。
逢时虽贵达，守道甘易退。
逆旅乡梦频，春风客心碎。
别君日已远，离念无明晦。
予亦返柴荆，山田事耕耒。

送常十九归嵩少故林

迢迢此恨杳无涯，楚泽嵩丘千里赊。
歧路别时惊一叶，云林归处忆三花。
秋天苍翠寒飞雁，古堞萧条晚噪鸦。
他日山中逢胜事，桃源洞里几人家。

崔曙

宿大通和尚塔敬赠如上人兼呈常、孙二山人

支公已寂灭，影塔山上古。

更有真僧来，道场救诸苦。

一承微妙法，寓宿清净土。

身心能自观，色相了无取。

森森松映月，漠漠云近户。

岭外飞电明，夜来前山雨。

然灯见栖鸽，作礼闻信鼓。

晓霁南轩开，秋华净天宇。

愿言出世尘，谢尔申及甫。

颍阳东溪怀古

灵溪氛雾歇，皎镜清心颜。

空色不映水，秋声多在山。

世人久疏旷，万物皆自闲。

白鹭寒更浴，孤云晴未还。

昔时让王者，此地闭玄关。

无以蹑高步，凄凉岑壑间。

早发交崖山还太室作

东林气微白，寒鸟急高翔。
吾亦自兹去，北山归草堂。
仲冬正三五，日月遥相望。
萧萧过颍上，昽昽辨少阳。
川冰生积雪，野火出枯桑。
独往路难尽，穷阴人易伤。
伤此无衣客，如何蒙雪霜。

同诸公谒启母祠

閟宫凌紫微，芳草闭闲扉。
帝子复何在，王孙游不归。
春风鸣玉佩，暮雨拂灵衣。
岂但湘江口，能令怀二妃。

嵩山寻冯炼师不遇

青溪访道凌烟曙，
王子仙成已飞去。
更值空山雷雨时，
云林薄暮归何处。

李白

赠嵩山焦炼师

嵩丘有神人焦炼师者，不知何许妇人也。又云生于齐梁时，其年貌可称五六十。常胎息绝谷，居少室庐。游行若飞，倏忽万里。世或传其入东海，登蓬莱。竟莫能测其往也。余访道少室，尽登三十六峰，闻风有寄，洒翰遥赠。

二室凌青天，三花含紫烟。
中有蓬海客，宛疑麻姑仙。
道在喧莫染，迹高想已绵。
时餐金鹅蕊，屡读青苔篇。
八极恣游憩，九垓长周旋。
下瓢酌颍水，舞鹤来伊川。
还归空山上，独拂秋霞眠。
萝月挂朝镜，松风鸣夜弦。
潜光隐嵩岳，炼魄栖云幄。
霓裳何飘飖，凤吹转绵邈。
愿同西王母，下顾东方朔。
紫书倘可传，铭骨誓相学。

颍阳别元丹丘之淮阳

吾将元夫子，异姓为天伦。
本无轩裳契，素以烟霞亲。
尝恨迫世网，铭意俱未伸。
松柏虽寒苦，羞逐桃李春。
悠悠市朝间，玉颜日缁磷。
所失重山岳，所得轻埃尘。
精魄渐芜秽，衰老相凭因。
我有锦囊诀，可以持君身。
当餐黄金药，去为紫阳宾。
万事难并立，百年犹崇晨。
别尔东南去，悠悠多悲辛。
前志庶不易，远途期所遵。
已矣归去来，白云飞天津。

鲁城北郭曲腰桑下送张子还嵩阳

送别枯桑下，凋叶落半空。
我行懵道远，尔独知天风。
谁念张仲蔚，还依蒿与蓬。
何时一杯酒，更与李膺同。

送裴十八图南归嵩阳二首

何处可为别，长安青绮门。
胡姬招素手，延客醉金樽。
临当上马时，我独与君言。
风吹芳兰折，日没鸟雀喧。
举手指飞鸿，此情难具论。
同归无早晚，颍水有清源。

君思颍水绿，忽复归嵩岑。
归时莫洗耳，为我洗其心。
洗心得真情，洗耳徒买名。
谢公终一起，相与济苍生。

送于十八应四子举落第还嵩山

吾祖吹橐籥，天人信森罗。
归根复太素，群动熙元和。
炎炎四真人，摛辩若涛波。
交流无时寂，杨墨日成科。
夫子闻洛诵，夸才才固多。
为金好踊跃，久客方蹉跎。
道可束卖之，五宝溢山河。
劝君还嵩丘，开酌盼庭柯。
三花如未落，乘兴一来过。

登广武古战场怀古

秦鹿奔野草，逐之若飞蓬。
项王气盖世，紫电明双瞳。
呼吸八千人，横行起江东。
赤精斩白帝，叱咤入关中。
两龙不并跃，五纬与天同。
楚灭无英图，汉兴有成功。
按剑清八极，归酣歌大风。
伊昔临广武，连兵决雌雄。
分我一杯羹，太皇乃汝翁。
战争有古迹，壁垒颓层穹。
猛虎啸洞壑，饥鹰鸣秋空。
翔云列晓阵，杀气赫长虹。
拨乱属豪圣，俗儒安可通。
沉湎呼竖子，狂言非至公。
抚掌黄河曲，嗤嗤阮嗣宗。

送杨山人归嵩山

我有万古宅，嵩阳玉女峰。
长留一片月，挂在东溪松。
尔去掇仙草，菖蒲花紫茸。
岁晚或相访，青天骑白龙。

题元丹丘山居

故人栖东山，自爱丘壑美。
青春卧空林，白日犹不起。
松风清襟袖，石潭洗心耳。
羡君无纷喧，高枕碧霞里。

题元丹丘颍阳山居并序

丹丘家于颍阳，新卜别业。其地北倚马岭，连峰嵩丘，南瞻鹿台，极目汝海，云岩映郁，有佳致焉。白从之游，故有此作。

仙游渡颍水，访隐同元君。
忽遗苍生望，独与洪崖群。
卜地初晦迹，兴言且成文。
却顾北山断，前瞻南岭分。
遥通汝海月，不隔嵩丘云。
之子合逸趣，而我钦清芬。
举迹倚松石，谈笑迷朝曛。
益愿狎青鸟，拂衣栖江濆。

题嵩山逸人元丹丘山居并序

白久在庐、霍，元公近游嵩山，故交深情，出处无间，岩信频及，许为主人，欣然适会本意。当冀长往不返，欲便举家就之，兼书共游，因有此赠。

家本紫云山，道风未沦落。
沉怀丹丘志，冲赏归寂寞。
朅来游闽荒，扪涉穷禹凿。
夤缘泛潮海，偃蹇陟庐霍。
凭雷蹑天窗，弄影憩霞阁。
且欣登眺美，颇惬隐沦诺。
三山旷幽期，四岳聊所托。
故人契嵩颍，高义炳丹雘，
灭迹遗纷嚣，终言本峰壑。
自矜林湍好，不羡市朝乐。
偶与真意并，顿觉世情薄。
尔能折芳桂，吾亦采兰若。
拙妻好乘鸾，娇女爱飞鹤。
提携访神仙，从此炼金药。

元丹丘歌

元丹丘，爱神仙。朝饮颍川之清流，暮还嵩岑之紫烟，三十六峰长周旋。

长周旋，蹑星虹。身骑飞龙耳生风，横河跨海与天通，我知尔游心无穷。

嵩山采菖蒲者

神仙多古貌，双耳下垂肩。

嵩岳逢汉武，疑是九疑仙。

我来采菖蒲，服食可延年。

言终忽不见，灭影入云烟。

喻帝竟莫悟，终归茂陵田。

韦应物

自巩洛舟行黄河即事寄府县僚友

夹水苍山路向东，东南山豁大河通。

寒树依微远天外，夕阳明灭乱流中。

孤村几岁临伊岸，一雁初晴下朔风。

为报洛桥游宦侣，扁舟不系与心同。

经少林精舍寄都邑亲友

息驾依松岭，高阁一攀缘。
前瞻路已穷，既诣喜更延。
出巘听万籁，入林濯幽泉。
鸣钟生道心，暮磬空云烟。
独往虽暂适，多累终见牵。
方思结茅地，归息期暮年。

岑参

巩北秋原寄崔明允

白露披梧桐，玄蝉昼夜号。
秋风万里动，日暮黄云高。
君子佐休明，小人事蓬蒿。
所适在鱼鸟，焉能徇锥刀。
孤舟向广武，一鸟归成皋。
胜概日相与，思君心郁陶。

访少室张山人闻与偃师周明府同入都

中峰炼金客，昨日游人间。
叶县凫共去，葛陂龙暂还。
春云凑深水，秋雨悬空山。
寂寂清溪上，空余丹灶闲。

送郑甚归东京汜水别业

分得闲字

客舍见春草，忽闻思旧山。
看君灞陵去，匹马成皋还。
对酒风与雪，向家河复关。
因悲宦游子，终岁无时闲。

寻巩县南李处士别业

先生近南郭，茅屋临东川。
桑叶隐村户，芦花映钓船。
有时著书暇，尽日窗中眠。
且喜闾井近，灌田同一泉。

酬畅当嵩阳寻麻道士见寄

闻逐樵夫闲看棋，忽逢人世是秦时。
开云种玉嫌山浅，渡海传书怪鹤迟。
阴洞石幢微有字，古坛松树半无枝。
烦君远示青囊录，愿得相从一问师。

王邕

嵩山望幸

峻极位何崇，方知造化功。
降灵逢圣主，望幸表维嵩。
隐映连青壁，嵯峨向碧空。
象车因叶瑞，龙驾愿升中。
万岁声长在，千岩气转雄。
东都歌盛事，西笑伫皇风。

《登封县志》[清乾隆九年（1744年）]少林寺图

高适

送杨山人归嵩阳

不到嵩阳动十年，旧时心事已徒然。
一二故人不复见，三十六峰犹眼前。
夷门二月柳条色，流莺数声泪沾臆。
凿井耕田不我招，知君以此忘帝力。
山人好去嵩阳路，惟余眷眷长相忆。

杜甫

月夜忆舍弟

戍鼓断人行，边秋一雁声。
露从今夜白，月是故乡明。
有弟皆分散，无家问死生。
寄书长不达，况乃未休兵。

百忧集行

忆年十五心尚孩，健如黄犊走复来。
庭前八月梨枣熟，一日上树能千回。
即今倏忽已五十，坐卧只多少行立。
强将笑语供主人，悲见生涯百忧集。
入门依旧四壁空，老妻睹我颜色同。
痴儿未知父子礼，叫怒索饭啼门东。

故著作郎贬台州司户荥阳郑公虔

鶢鶋至鲁门，不识钟鼓飨。
孔翠望赤霄，愁思雕笼养。
荥阳冠众儒，早闻名公赏。
地崇士大夫，况乃气精爽。
天然生知姿，学立游夏上。
神农或阙漏，黄石愧师长。
药纂西极名，兵流指诸掌。
贯穿无遗恨，荟蕞何技痒。
圭臬星经奥，虫篆丹青广。
子云窥未遍，方朔谐太枉。
神翰顾不一，体变钟兼两。
文传天下口，大字犹在榜。
昔献书画图，新诗亦俱往。
沧洲动玉陛，寡鹤误一响。
三绝自御题，四方尤所仰。

嗜酒益疏放，弹琴视天壤。
形骸实土木，亲近唯几杖。
未曾寄官曹，突兀倚书幌。
晚就芸香阁，胡尘昏坱莽。
反覆归圣朝，点染无涤荡。
老蒙台州掾，遐泛浙江桨。
覆穿四明雪，饥拾楢溪橡。
空闻紫芝歌，不见杏坛丈。
天长眺东南，秋色馀魍魉。
别离惨至今，斑白徒怀曩。
春深秦山秀，叶坠清渭朗。
剧谈王侯门，野税林下鞅。
操纸终夕酣，时物集遐想。
词场竟疏阔，平昔滥推奖。
百年见存殁，牢落吾安放。
萧条阮咸在，出处同世网。
他日访江楼，含凄述飘荡。

壮游

往昔十四五，出游翰墨场。
斯文崔魏徒，以我似班扬。
七龄思即壮，开口咏凤凰。
九龄书大字，有作成一囊。
性豪业嗜酒，嫉恶怀刚肠。
脱略小时辈，结交皆老苍。

饮酣视八极，俗物多茫茫。
东下姑苏台，已具浮海航。
到今有遗恨，不得穷扶桑。
王谢风流远，阖闾丘墓荒。
剑池石壁仄，长洲荷芰香。
嵯峨阊门北，清庙映回塘。
每趋吴太伯，抚事泪浪浪。
蒸鱼闻匕首，除道哂要章。
枕戈忆勾践，渡浙想秦皇。
越女天下白，鉴湖五月凉。
剡溪蕴秀异，欲罢不能忘。
归帆拂天姥，中岁贡旧乡。
气劘屈贾垒，目短曹刘墙。
忤下考功第，独辞京尹堂。
放荡齐赵间，裘马颇清狂。
春歌丛台上，冬猎青丘旁。
呼鹰皂枥林，逐兽云雪冈。
射飞曾纵鞚，引臂落鹙鸧。
苏侯据鞍喜，忽如携葛彊。
快意八九年，西归到咸阳。
许与必词伯，赏游实贤王。
曳裾置醴地，奏赋入明光。
天子废食召，群公会轩裳。
脱身无所爱，痛饮信行藏。
黑貂不免敝，斑鬓兀称觞。
杜曲晚耆旧，四郊多白杨。

坐深乡党敬，日觉死生忙。
朱门任倾夺，赤族迭罹殃。
国马竭粟豆，官鸡输稻粱。
举隅见烦费，引古惜兴亡。
河朔风尘起，岷山行幸长。
两宫各警跸，万里遥相望。
崆峒杀气黑，少海旌旗黄。
禹功亦命子，涿鹿亲戎行。
翠华拥英岳，螭虎啖豺狼。
爪牙一不中，胡兵更陆梁。
大军载草草，凋瘵满膏肓。
备员窃补衮，忧愤心飞扬。
上感九庙焚，下悯万民疮。
斯时伏青蒲，廷诤守御床。
君辱敢爱死，赫怒幸无伤。
圣哲体仁恕，宇县复小康。
哭庙灰烬中，鼻酸朝未央。
小臣议论绝，老病客殊方。
郁郁苦不展，羽翮困低昂。
秋风动哀壑，碧蕙捐微芳。
之推避赏从，渔父濯沧浪。
荣华敌勋业，岁暮有严霜。
吾观鸱夷子，才格出寻常。
群凶逆未定，侧伫英俊翔。

送孟十二仓曹赴东京选

君行别老亲，此去苦家贫。
藻镜留连客，江山憔悴人。
秋风楚竹冷，夜雪巩梅春。
朝夕高堂念，应宜彩服新。

钱起

省中春暮酬嵩阳焦道士见招

朝花飞暝林，对酒伤春心。
流年催素发，不觉映华簪。
垂老遇知己，酬恩看寸阴。
如何紫芝客，相忆白云深。

题嵩阳焦道士石壁

三峰花畔碧堂悬，锦里真人此得仙。
玉体才飞西蜀雨，霓裳欲向大罗天。
彩云不散烧丹灶，白鹿时藏种玉田。
幸入桃源因去世，方期丹诀一延年。

韩翃

别汜水县尉

未央宫殿金开钥，诏引贤良卷珠箔。

花间赐食近丹墀，烟里挥毫对青阁。

万年枝影转斜光，三道先成君激昂。

谷永直言身不顾，郤诜高第转名香。

绿槐阴阴出关道，上有蝉声下秋草。

奴子平头骏马肥，少年白皙登王畿。

五侯客舍偏留宿，一县人家争看归。

南向千峰北临水，佳期赏地应穷此。

赋诗或送郑行人，举酒常陪魏公子。

自怜寂寞会君稀，犹著前时博士衣。

我欲低眉问知己，若将无用废东归。

鲁中送卢使君归郑州

城中金络骑，出饯沈东阳。

九月寒露白，六关秋草黄。

齐讴听处妙，鲁酒把来香。

醉后著鞭去，梅山道路长。

鲁中送从事归荥阳

故园衰草带荥波，岁晚知如君思何。
轻橐归时鲁缟薄，寒衣缝处郑绵多。
万人都督鸣骝送，百里邦君枉骑过。
累路尽逢知己在，曾无对酒不高歌。

独孤及

季冬自嵩山赴洛道中作

皇运偶中变，长蛇食中土。
天盖西北倾，众星陨如雨。
胡尘动地起，千里闻战鼓。
死人成为阜，流血涂草莽。
策马何纷纷，捐躯抗豺虎。
甘心赴国难，谁谓荼叶苦。
天子初受命，省方造区宇。
斩鲸安溟波，截鳌作天柱。
三微复正统，五玉归文祖。
不图汉官仪，今日忽再睹。
升高望京邑，佳气连海浦。
宝鼎歆景云，明堂舞干羽。
虎臣□激昂，□□□御侮。
腐儒著缝掖，何处议邹鲁。
西上轘辕山，丘陵横今古。

和气蒸万物，腊月春霭吐。

得为太平人，穷达不足数。

他日遇封禅，著书继三五。

送马郑州

使君朱两轓，春日整东辕。

芳草成皋路，青山凉水源。

勉修循吏迹，以谢主人恩。

当使仁风动，遥听舆颂喧。

皇甫冉

少室山韦炼师升仙歌

红霞紫气昼氲氲，绛节青幢迎少君。

忽从林下升天去，空使时人礼白云。

和郑少尹祭中岳寺北访萧居士越上方

肃寺祠灵境，寻真到隐居。
夤缘幽谷远，萧散白云馀。
晚节持僧律，他年著道书。
海边曾狎鸟，濠上正观鱼。
寂静求无相，淳和睹太初。
一峰绵岁月，万性任盈虚。
篱隔溪钟度，窗临涧木疏。
谢公怀旧壑，回驾复何如。

寄郑二侍御归新郑无碍寺所居

何事休官早，归来作郑人。
云山随伴侣，伏腊见乡亲。
南亩无三径，东林寄一身。
谁当便静者，莫使甑生尘。

顾况

送李秀才游嵩山

嵩山石壁挂飞流，无限神仙在上头。
采得新诗题石壁，老人惆怅不同游。

《登封县志》[清乾隆九年（1744年）] 箕山图

窦群

中牟县经鲁公庙

青史编名在箧中，故林遗庙揖仁风。

还将文字如颜色，暂下蒲车为鲁公。

白居易

送张山人归嵩阳

黄昏惨惨天微雪，修行坊西鼓声绝。

张生马瘦衣且单，夜扣柴门与我别。

愧君冒寒来别我，为君沽酒张灯火。

酒酣火暖与君言，何事入关又出关。

答云前年偶下山，四十余月客长安。

长安古来名利地，空手无金行路难。

朝游九城陌，肥马轻车欺杀客。

暮宿五侯门，残茶冷酒愁杀人。

春明门，门前便是嵩山路。

幸有云泉容此身，明日辞君且归去。

宿荥阳

生长在荥阳，少小辞乡曲。
迢迢四十载，复向荥阳宿。
去时十一二，今年五十六。
追思儿戏时，宛然犹在目。
旧居失处所，故里无宗族。
岂唯变市朝，兼亦迁陵谷。
独有溱洧水，无情依旧绿。

经溱洧

落日驻行骑，沉吟怀古情。
郑风变已尽，溱洧至今清。
不见士与女，亦无芍药名。

河阴夜泊忆微之

忆君我正泊行舟，望我君应上郡楼。
万里月明同此夜，黄河东面海西头。

从龙潭寺至少林寺题赠同游者

山屐田衣六七贤，搴芳蹋翠弄潺湲。
九龙潭月落杯酒，三品松风飘管弦。
强健且宜游胜地，清凉不觉过炎天。
始知驾鹤乘云外，别有逍遥地上仙。

夜从法王寺下归岳寺

双刹夹虚空，缘云一径通。
似从忉利下，如过剑门中。
灯火光初合，笙歌曲未终。
可怜狮子座，舁出净名翁。

宿龙潭寺

夜上九潭谁是伴，云随飞盖月随杯。
明年尚作三川守，此地兼将歌舞来。

嵩阳观夜奏霓裳

开元遗曲自凄凉，况近秋天调是商。
爱者谁人唯白尹，奏时何处在嵩阳。
回临山月声弥怨，散入松风韵更长。
子晋少姨闻定怪，人间亦便有霓裳。

与诸道者同游二室至九龙潭作

喜逢二室游仙子，厌作三川守土臣。
举手摩挲潭上石，开襟抖擞府中尘。
他日终为独往客，今朝未是自由身。
若言尹是嵩山主，三十六峰应笑人。

看嵩洛有叹

今日看嵩洛，回头叹世间。
荣华急如水，忧患大于山。
见苦方知乐，经忙始爱闲。
未闻笼里鸟，飞出肯飞还。

早春题少室东岩

三十六峰晴，雪销岚翠生。
月留三夜宿，春引四山行。
远草初含色，寒禽未变声。
东岩最高石，唯我有题名。

送嵩客

登山临水分无期，泉石烟霞今属谁？
君到嵩阳吟此句，与教三十六峰知。

梦上山

时足疾未平

夜梦上嵩山，独携藜杖出。
千岩与万壑，游览皆周毕。
梦中足不病，健似少年日。
既悟神返初，依然旧形质。

始知形神内，形病神无疾。

形神两是幻，梦寐俱非实。

昼行虽蹇涩，夜步颇安逸。

昼夜既平分，其间何得失。

板桥路

梁苑城西二十里，一渠春水柳千条。

若为此路今重过，十五年前旧板桥。

曾共玉颜桥上别，不知消息到今朝。

朱长文

宿新安江深渡馆寄郑州王使君

霜飞十月中，摇落众山空。

孤馆闭寒木，大江生夜风。

赋诗忙有意，沈约在关东。

戴叔伦

游少林寺

步入招提路，因之访道林。

石龛苔藓积，香径白云深。

双树含秋色，孤峰起夕阴。

屟廊行欲遍，回首一长吟。

权德舆

奉送韦起居老舅百日假满归嵩阳旧居

威凤翔紫气，孤云出寥天。

奇采与幽姿，缥缈皆自然。

尝闻陶唐氏，亦有巢由全。

以此耸风俗，岂必效羁牵。

大君遂群方，左史蹈前贤。

振衣去朝市，赐告归林泉。

滑和固难久，循性得所便。

有名皆畏途，无事乃真筌。

旧壑穷杳窕，新潭漾沦涟。

岩花落又开，山月缺复圆。

轻策逗萝径，幅巾凌翠烟。
机闲鱼鸟狎，体和芝术鲜。
四皓本违难，二疏犹待年。
况今寰海清，复此鬓发玄。
顾惭缨上尘，未绝区中缘。
齐竽终自退，心寄嵩峰巅。

送张詹事致政归嵩山旧隐

解龟辞汉庭，却忆少微星。
直指常持宪，平反更恤刑。
闲思紫芝侣，归卧白云扃。
明诏优筋力，安车适性灵。
群公来蔼蔼，独鹤去冥冥。
想到挥金处，嵩吟枕上青。

送李城门罢官归嵩阳

城门院在遗补院东

与君相识处，吏隐在墙东。
启闭千门静，逢迎两掖通。
罢官多暇日，肄业有儒风。
归去尘寰外，春山桂树丛。

杨巨源

送澹公归嵩山龙潭寺葬本师

野烟秋水苍茫远，禅境真机去住闲。
双树为家思旧壑，千花成塔礼寒山。
洞宫曾向龙边宿，云径应从鸟外还。
莫恋本师金骨地，空门无处复无关。

韩愈

过鸿沟

龙疲虎困割川原，亿万苍生性命存。
谁劝君王回马首，真成一掷赌乾坤。

陈羽

送友人游嵩山

嵩山归路绕天坛，雪影松声满谷寒。
君见九龙潭上月，莫辞清夜访袁安。

欧阳詹

送闻上人游嵩山

二室峰峰昔愿游，从云从鹤思悠悠。

丹梯石路君先去，为上青冥最上头。

柳宗元

战虎牢

战武牢，动河朔。

逆之助，图掎角。

怒彀麕，抗乔岳。

翘萌牙，傲霜雹。

王谋内定，申掌握。

铺施芟夷，二主缚。

惮华戎，廓封略。

命之曹，卑以斮。

归有德，唯先觉。

《登封县志》[清乾隆九年（1744年）]卢岩图

刘禹锡

送卢处士归嵩山别业

世业嵩山隐，云深无四邻。

药炉烧姹女，酒瓮贮贤人。

晚日华阴雾，秋风函谷尘。

送君从此去，铃阁少谈宾。

酬郑州权舍人见寄十二韵

朱户凌晨启，碧梧含早凉。

人从桔柣至，书到漆沮傍。

抃会因佳句，情深取断章。

惬心同笑语，入耳胜笙簧。

忆昔三条路，居邻数仞墙舍人旧宅光福里，时忝东邻。

学堂青玉案，綵服紫罗囊。

麟角看成就，龙驹见抑扬。

彀中飞一箭，云际落双鸧舍人一举登科，又判入等第。

甸邑叨前列，天台愧后行鄙人离渭南主簿十年，舍人方尉此邑。

及罹谴谪，重入南宫礼部郎中，舍人方任考功员外。

鲤庭传事业，鸡树遂翱翔。

书殿连鳷鹊，神池接凤凰。

追游蒙尚齿，惠好结中肠鄙人在集贤，与西掖接近，日夕追游。

铩翮方抬举，危根易损伤。

一麾怜弃置，五字借恩光鄙人出牧姑苏，舍人草制。

汝海崆峒秀，溱流芍药芳。

风行能偃草，境静不争桑鄙人转临汝，舍人牧荥阳。

转旆趋关右，颁条匝渭阳。

病吟犹有思，老醉已无狂。

尘满鸿沟道，沙惊白狄乡。

伫闻黄纸诏，促召紫微郎。

酬李相公喜归乡国自巩县夜泛洛水见寄

巩树烟月上，清光含碧流。

且无三已色，犹泛五湖舟。

鹏息风还起，凤归林正秋。

虽攀小山桂，此地不淹留。

孟郊

石淙

岩谷不自胜，水木幽奇多。
朔风入空曲，泾流无大波。
迢递径难尽，参差势相罗。
雪霜有时洗，尘土无由和。
洁冷诚未厌，晚步将如何。

出曲水未断，入山深更重。
泠泠若仙语，皎皎多异容。
万响不相杂，四时皆有浓。
日月互分照，云霞各生峰。
久迷向方理，逮兹耸前踪。

荒策每恣远，戆步难自回。
已抱苔藓疾，尚凌潺湲隈。
驿骥苦衔勒，笼禽恨摧颓。
实力苟未足，浮夸信悠哉。
顾惟非时用，静言还自咍。
朔水刀剑利，秋石琼瑶鲜。
鱼龙气不腥，潭洞状更妍。
磴雪入呀谷，掬星洒遥天。
声忙不及韵，势疾多断涟。
输去虽有恨，躁气一何颠。

蜿蜒相缠掣，荦确亦回旋。
黑草濯铁发，白苔浮冰钱。
具生此云遥，非德不可甄。
何况被犀士，制之空以权。
始知静刚猛，文教从来先。

空谷耸视听，幽湍泽心灵。
疾流脱鳞甲，叠岸冲风霆。
丹巘堕环景，霁波灼虚形。
淙淙豗厚轴，棱棱攒高冥。
弱栈跨旋碧，危梯倚凝青。
飘飘鹤骨仙，飞动鳌背庭。
常闻夸大言，下顾皆细萍。
百尺明镜流，千曲寒星飞。
为君洗故物，有色如新衣。
不饮泥土污，但饮雪霜饥。
石棱玉纤纤，草色琼霏霏。
谷硙有余力，溪舂亦多机。
从来一智萌，能使众利归。
因之山水中，喧然论是非。

入深得奇趣，升险为良跻。
搜胜有闻见，逃俗无踪蹊。
穴流恣回转，窍景忘东西。
戆兽鲜猜惧，罗人巧罝罜。
幽驰异处所，忍虑多端倪。

虚获我何饱，实归彼非迷。
斯文浪云洁，此旨谁得齐。

屑珠泻潺湲，裂玉何威瑰。
若调千瑟弦，未果一曲谐。
古骇毛发栗，险惊视听乖。
二老皆劲骨，风趋缘欹崖。
地远有馀美，我游采弃怀。
乘时幸勤鉴，前恨多幽霾。
弱力谢刚健，蹇策贵安排。
始知随事静，何必当夕斋。

昔浮南渡飙，今攀朔山景。
物色多瘦削，吟笑还孤永。
日月冻有棱，雪霜空无影。
玉喷不生冰，瑶涡旋成井。
潜角时耸光，隐鳞乍漂冏。
再吟获新胜，返步失前省。
惬怀虽已多，惕虑未能整。
颓阳落何处，升魄衔疏岭。

圣朝搜岩谷，此地多遗玩。
怠惰成远游，顽疏恣灵观。
劲飙刷幽视，怒水慑余懦。
曾是结芳诚，远兹勉流倦。
冰条耸危虑，霜翠莹遐眄。

物诱信多端，荒寻谅难遍。

去矣朔之隅，翛然楚之甸。

嵩少

沙弥舞袈裟，走向踯躅飞。

闲步亦惺惺，芳援相依依。

噎塞春咽喉，蜂蝶事光辉。

群嬉且已晚，孤引将何归。

流艳去不息，朝英亦疏微。

送谏议十六叔至孝义渡后奉寄

晓渡明镜中，霞衣相飘飖。

浪凫惊亦双，蓬客将谁僚。

别饮孤易醒，离忧壮难销。

文清虽无敌，儒贵不敢骄。

江吏捧紫泥，海旗剪红蕉。

分明太守礼，跨蹑毗陵桥。

伊洛去未回，遐瞩空寂寥。

至孝义渡寄郑军事、唐二十五

咫尺不得见，心中空嗟嗟。
官街泥水深，下脚道路斜。
嵩少玉峻峻，伊雒碧华华。
岸亭当四迥，诗老独一家。
洧叟何所如，郑石唯有些。
何当来说事，为君开流霞。

访嵩阳道士不遇

先生五兵游，文焰藏金鼎。
日下鹤过时，人间空落影。
常言一粒药，不堕生死境。
何当列御寇，去问仙人请。

哀孟云卿嵩阳荒居

戚戚抱幽独，宴宴沉荒居。
不闻新欢笑，但睹旧诗书。
艺檗意弥苦，耕山食无馀。
定交昔何在，至戚今或疏。
薄俗易销歇，淳风难久舒。
秋芜上空堂，寒槿落枯渠。
薙草恐伤蕙，摄衣自理锄。
残芳亦可饵，遗秀谁忍除。
徘徊未能去，为尔涕涟如。

张籍

赠箕山僧

久住空林下，长斋耳目清。

蒲团借客坐，石磴甃人行。

似鹤难知性，因山强号名。

时闻衣袖里，暗掐念珠声。

薛存诚

嵩山望幸

峻极位何崇，方知造化功。

降灵逢圣主，望幸表维嵩。

隐映连青壁，嵯峨向碧空。

象车因叶瑞，龙驾愿升中。

万岁声长在，千岩气转雄。

东都歌盛事，西笑伫皇风。

张碧

鸿沟

毒龙衔日天地昏，八纮叆叇生愁云。
秦园走鹿无藏处，纷纷争处蜂成群。
四溟波立鲸相吞，荡摇五岳崩山根。
鱼虾舞浪狂鳅鲲，龙蛇胆战登鸿门。
星旗羽镞强者尊，黑风白雨东西屯。
山河欲拆人烟分，壮士鼓勇君王存。
项庄愤气吐不得，亚父斗声天上闻。
玉光堕地惊昆仑，留侯气魄吞太华。
舌头一寸生阳春，神农女娲愁不言。
蛇枯老媪啼泪痕，星曹定秤秤王孙。
项籍骨轻迷精魂，沛公仰面争乾坤。
须臾垓下贼星起，歌声缭绕凄人耳。
吴娃捧酒横秋波，霜天月照空城垒。
力拔山兮忽到此，骓嘶懒渡乌江水。
新丰瑞色生楼台，西楚寒蒿哭愁鬼。
三尺霜鸣金匣里，神光一掉八千里。
汉皇骤马意气生，西南扫地迎天子。

徐凝

和嵩阳客月夜忆上清人

独夜嵩阳忆上仙，月明三十六峰前。

瑶池月胜嵩阳月，人在玉清眠不眠。

李德裕

重过列子庙，追感顷年自淮服与居守王仆射同题名于庙壁，仆射已为御史，余尚布衣，自后俱列紫垣，继游内署，两为夏官之代，复联左揆之荣，荷宠多同，感涕何极，因书四韵奉寄

白首过遗庙，朱轮入故城。

已惭联左揆，犹喜抗前旌。

曳履忘年旧，弹冠久要情。

重看题壁处，岂羡弃繻生。

李绅

忆至巩县河宿待家累追怀

巩树翻红秋日斜，水分伊洛照余霞。
弓开后骑低初月，鹗驻前旌拂暮鸦。
闺信坐迟青玉案，弄儿闲望白羊车。
今来忆事凉风晚，烟浦空悲黄菊花。

庆云见

夏六月，准诏祭中岳，宿少林寺。祭毕归寺，有庆云见于峰，初如绛绡蒙覆上下，岩树透彻，虚明照日。俄顷，诸崖谷间尽祥云，纷郁绵布，自午至未不散。

礼成中岳陈金册，祥报卿云冠玉峰。
轻未透林疑待凤，细非行雨讵从龙。
卷风变彩霏微薄，照日笼光映隐重。
还入九霄成沆瀣，夕岚生处鹤归松。

灵蛇见少林寺

二大松上有青蛇，不知所自。下马之际，忽坠于地，盘结异状，若紫组绶，青光荧射，逼之不怒。问其寺僧，僧云曾见。因令祝以箱奁引之，遂迤逦就器，送寺外，倏忽如失之。

琐文结绶灵蛇降，蠖屈螭盘顾视闲。
鳞蹙翠光抽璀璨，腹连金彩动弯环。
已应蜕骨风雷后，岂效衔珠草莽间。
知尔全身护昆阆，不矜挥尾在常山。

姚合

寄嵩岳程光范

相别何容易，相逢便岁年。
客来嫌路远，谁得到君边。
岳色鸟啼里，钟声竹影前。
只应访支遁，时得话诗篇。

赠少室山麻襦僧

只辫麻为衲，此中经几春。
庵前多猛兽，径小绝行人。
泉近渍瓶履，山深少垢尘。
想师正法指，喻我独迷津。

张祜

登广武原

广武原西北，华夷此浩然。
地盘山入海，河绕国连天。
远树千门邑，高樯万里船。
乡心日云暮，犹在楚城边。

宿武牢关

行人候晓久裴徊，不待鸡鸣未得开。
堪羡寒溪自无事，潺潺一夜宿关来。

鸿沟

龙蛇百战争天下，各制雄心指此沟。
宁似九州分国土，地图初割海中流。

雍陶

河阴新城

高城新筑压长川，虎踞龙盘气色全。
五里似云根不动，一重如月晕长圆。
河流暗与沟池合，山色遥将睥睨连。
自有此来当汴口，武牢何用锁风烟。

许浑

鸿沟

相持未定各为君，秦政山河此地分。
力尽乌江千载后，古沟荒草起寒云。

李商隐

夕阳楼

花明柳暗绕天愁，上尽重城更上楼。
欲问孤鸿向何处，不知身世自悠悠。

郑州献从叔舍人褒

蓬岛烟霞阆苑钟，三官笺奏附金龙。
茅君奕世仙曹贵，许掾全家道气浓。
绛简尚参黄纸案，丹炉犹用紫泥封。
不知他日华阳洞，许上经楼第几重。

板桥晓别

回望高城落晓河，长亭窗户压微波。
水仙欲上鲤鱼去，一夜芙蓉红泪多。

赵嘏

送友人郑州归觐

为有趋庭恋，应忘道路赊。
风消荥泽冻，雨静圃田沙。
古陌人来远，遥天雁势斜。
园林新到日，春酒酌梨花。

送李蕴赴郑州因献卢郎中俶

仆射陂西想到时，满川晴色见旌旗。
马融闲卧笛声远，王粲醉吟楼影移。
几日赋诗秋水寺，经年草诏白云司。
唯君此去人多羡，却是恩深自不知。

贾岛

欲游嵩岳留别李少尹益

孤策迟回洛水湄，孤禽嘹唳幸人知。
嵩岳望中常待我，河梁欲上未题诗。
新秋爱月愁多雨，古观逢仙看尽棋。
微眇此来将敢问，凤凰何日定归池。

李频

过嵩阴隐者

当门看少室，倚杖复披衣。
每日醒还醉，无人是与非。
架书抽读乱，庭果摘尝稀。
独有江南客，思家未得归。

嵩阳夜还

家住东皋去，好采旧山薇。
自省游泉石，何曾不夜归。

曹邺

寄嵩阳道人

三山浮海倚蓬瀛，路入真元险尽平。
华表千年孤鹤语，人间一梦晚蝉鸣。
将龙逐虎神初王，积火焚心气渐清。
见说嵩阳有仙客，欲持金简问长生。

汪遵

箕山

薄世临流洗耳尘，便归云洞任天真。
一瓢风入犹嫌闹，何况人间万种人。

密县

百里能将济猛宽，飞蝗不到邑人安。
至今闾里逢灾沴，犹祝当时卓长官。

皮日休

卢征君鸿

吾爱卢征君，高卧嵩山里。
百辟未一顾，三征方暂起。
坦腹对宰相，岸帻揖天子。
建礼门前吟，金銮殿里醉。
天下皆哺糟，征君独洁己。
天下皆乐闻，征君独洗耳。
天下皆怀羞，征君独多耻。
银黄不妨悬，赤绂不妨被。
而于心抱中，独作羲皇地。
篮舆一云返，泥诏褒不已。
再看缑山云，重酌嵩阳水。
放旷书里终，逍遥醉中死。
吾谓伊与周，不若征君贵。
吾谓巢与许，不若征君义。
高名无阶级，逸迹绝涯涘。
万世唐书中，逸名不可比。
粤吾慕真隐，强以骨肉累。
如教不为名，敢有征君志。

聂夷中

访嵩阳道士不遇

先生五岳游，文焰灭金鼎。
日下鹤过时，人间空落影。
常言一粒药，不随死生境。
何当列御寇，去问仙人请。

张乔

送韩处士归少室山

江外历千岑，还归少室吟。
地闲缑岭月，窗迥洛城砧。
石窦垂寒乳，松枝长别琴。
他年瀑泉下，亦拟置家林。

寄中岳颛顼先生

先生颛顼后，得道自何人。
松柏卑于寿，儿孙老却身。
夜窗峰顶曙，寒涧洞中春。
恋此逍遥境，云间不可亲。

李咸用

寄嵩阳隐者

昔年江上别，初入乱离中。
我住匡山北，君之少室东。
信来经险道，诗半忆皇风。
何事犹高卧，岩边梦未通。

方干

赠中岳僧

坐来丛木大，谁见入岩年。
多病长留药，无忧亦是禅。
支床移片石，舂粟引高泉。
尽愿求心法，逢谁即拟传。

罗邺

仆射陂晚望

离人到此倍堪伤，陂水芦花似故乡。
身事未知何日了，马蹄唯觉到秋忙。
田园牢落东归晚，道路辛勤北去长。
却羡无愁是沙鸟，双双相趁下斜阳。

罗隐

武牢关

楚人曾此限封疆，不见清阴六里长。
一壑暮声何怨望，数峰秋势自颠狂。
由来四皓须神伏，大抵秦皇谩气强。
欲学鸡鸣试关吏，太平时节懒思量。

送郑州严员外

欲将刀笔润王猷，东去先分圣主忧。
满扇好风吹郑圃，一车甘雨别皇州。
尚书碛冷鸿声晚，仆射陂寒树影秋。
从此文星在何处，武牢关外庾公楼。

郑州献卢舍人

时本官王令公收复两京后

海槎闲暇阆风轻，不是安流不肯行。

鸡省露浓汤饼熟，凤池烟暖诏书成。

渔筹已合光儒梦，尧印何妨且治兵。

会将两都收复后，右图仪表左题名。

大梁从事居汜水

一题作赠卢从事

前年帝里望行尘，记得仙家第四人。

泉暖旧谙龙偃息，露寒初见鹤精神。

歌声上榻梁园晚，梦绕残钟汜水春。

知有箧中编集在，只应从此是经纶。

郑谷

题嵩高隐者居

岂易访仙踪，云萝千万重。

他年来卜隐，此景愿相容。

乱水林中路，深山雪里钟。

见君琴酒乐，回首兴何慵。

崔涂

题嵩阳隐者

四十年高梦，生涯指一丘。
无人同久住，有鹤对冥修。
草杂芝田出，泉和石髓流。
更嫌庭树老，疑是世间秋。

吴融

武牢关遇雨

泽春关路迥，暮雨细霏霏。
带雾昏河浪，和尘重客衣。
望中迷去骑，愁里乱斜晖。
惆怅家山远，溟蒙湿翠微。

望嵩山

三十六峰危似冠，晴楼百尺独登看。
高凌鸟外青冥窄，翠落人间白昼寒。
不觉衡阳遮雁过，如何钟阜斗龙盘。
始知万岁声长在，只待东巡动玉鸾。

杜荀鹤

行次荥阳却寄诸弟

难把归书说远情，奉亲多阙拙为兄。
早知寸禄荣家晚，悔不深山共汝耕。
枕上算程关月落，帽前搜景岳云生。
如今已作长安计，只得辛勤取一名。

清江

送赞律师归嵩山

一作无可诗

禅客归心急，山深定易安。
清贫修道苦，孝友别家难。
雪路侵溪转，花宫映岳看。
到时瞻塔暮，松月向人寒。

皎然

赠柳喜得嵩山法门自号嵩山老

一见嵩山老，吾生恨太迟。
问君年几许，曾出上皇时。

栖白

送王炼师归嵩岳

飘然绿毛节，杳去洛城端。
隔水见秋岳，兼霜扫石坛。
一溪松色古，半夜鹤声寒。
迥与人寰别，劳生不可观。

贯休

送明觉大师兼寄郑舍人

去去楞伽子，春深道路长。
鸟啼青嶂险，花落紫衣香。
此去非余事，还归内道场。
凭师将老倒，一向说荥阳。

秋夜怀嵩少因寄洛中旧知

炉爇旃檀不称贫，霏霏玉露湿禅巾。
紫金地上三更月，红藕香中一病身。
少室少年偏入梦，多时多事去无因。
如今憔悴头成雪，空想嵯峨羡故人。

齐己

将游嵩华行次荆渚

莲峰映敷水，嵩岳压伊河。
两处思归久，前贤隐去多。
闲身应绝迹，在世幸无他。
会向红霞峤，僧龛对薜萝。

渚宫谢杨秀才自嵩山相访

嵩峰有客远相寻，尘满麻衣袖苦吟。
花尽草长方闭户，道孤身老正伤心。
红堆落日云千仞，碧撼凉风竹一林。
惆怅雅声消歇去，喜君聊此暂披襟。

《登封县志》[清乾隆九年（1744 年）] 石淙图

五代

韦庄

李洞

谭用之

韦庄

颍阳县

琴堂连少室，故事即仙踪。
树老风声壮，山高腊候浓。
雪多庭有鹿，县僻寺无钟。
何处留诗客，茆檐倚后峰。

题颍源庙

曾是巢由栖隐地，百川唯说颍源清。
微波乍向云根吐，去浪遥冲雪嶂横。
万木倚檐疏干直，群峰当户晓岚晴。
临川试问尧年事，犹被封人劝濯缨。

龙潭

激石悬流雪满湾，九龙潜处野云闲。
欲行甘雨四天下，且隐澄潭一顷间。
浪引浮槎依北岸，波分晚日见东山。
垂髯傥遇穆王驾，阆苑周游应未还。

李洞

送卢少府之任巩洛

从知东甸尉，铨注似恩除。
带土移嵩术，和泉送尹鱼。
印床寒鹭宿，壁记醉僧书。
堂下诸昆在，无妨候起居。

谭用之

秋日圃田送人随计

仆射陂前是传邮，去程雕鹗弄高秋。
吟抛芍药裁诗圃，醉下茱萸饮酒楼。
向日迥飞驹皎皎，临风谁和鹿呦呦。
明年二月仙山下，莫遣桃花逐水流。

宋

欧阳修

范仲淹

梅尧臣

司马光

程颢

程颐

王安石

曾巩

苏洵

苏轼

苏辙

苏过

黄庭坚

张耒

吕本中

陈与义

欧阳修

送荥阳魏主簿

卓荦东都子，姓名闻十年。
穷冬雪塞空，千里至我门。
子足未及阈，我衣惊倒颠。
仆童相视疑，僚吏或不然。
俛首鹄鹤啄，进趋凫雁联。
青衫靴两脚，言色倩以温。
於公门岂少，乃独得公欢。
受知固不易，知士诚尤难。
我思屈童吏，欲辩难以言。
觞豆及嘉节，高堂列群贤。
文章看落笔，论议驰后先。
破石出至宝，决高泻长川。
光晖相磨晻，浩渺肆波澜。
僚吏愧我叹，仆童恪生颜。
我顾僚吏嘻，士岂以此观。
此聊为戏耳，以惊仆童昏。
士欲见其守，视其居贱贫。
欲知其所趋，试以义利干。
我始识其面，已窥其肺肝。
礼有来必往，木瓜报琅玕。
十年思见之，一日舍我还。
何用慰离居，赠子以短篇。

巩县陪祭献、懿二后回孝义桥道中作

明道二年

落日汉陵道，初寒惨暮飙。
遥看山口火，暗渡洛川桥。
不见新园树，空闻引葬箫。
林鸦栖已定，犹此倦征镳。

永昭陵挽词三首

嘉祐八年

与子虽天意，知人昔帝难。
一言谋早定，九鼎势先安。
大舜仁由性，成汤治以宽。
孤臣恩未报，清血但汍澜。

干戈不用臻无事，朝野多欢乐有年。
便坐看挥飞白笔，侍臣新和柏梁篇。
衣冠忽见藏原庙，箫鼓愁闻向洛川。
寂寞秋风群玉殿，还同恍惚梦钧天。

行殿沉沉画翣重，凄凉挽铎出深宫。
攀号不悟龙胡远，侍从犹穿豹尾中。
日薄山川长起雾，天寒松柏自生风。
斯民四十年涵煦，耕凿安知荷帝功。

续作永昭陵挽词五首

嘉祐八年

王者居尊本无外，由来天下以为家。
六龙白日乘云去，何用金钱买道车。

苦雾霏霏著彩旗，犹排吉仗杂凶仪。
常时凤辇行游处，今日龙輴恸哭随。

都人扰扰塞康庄，西送灵车过苑墙。
金鼎药成龙已去，人间惟有鼠拖肠。

素幕悠悠逗晓风，行随哀挽出深宫。
妃嫔莫向苍梧望，云覆昭陵洛水东。

叨陪法从最多年，惯听梨园奏管弦。
从此无因瞻黼坐，惟应魂梦到钧天。

嵩山十二首

明道元年

公路涧

驱马渡寒流，断涧横荒堡。
槎危欲欹岸，花落多依草。
击汰翫游鯈，倒影看飞鸟。
留连爱芳杜，渐下四峰照。

拜马涧

昔闻王子晋，把袂浮丘仙。

金骏於此堕，吹笙不复还。

玉蹄无迹久，涧草但荒烟。

二室道

二室对岧峣，群峰耸巉直。

云随高下起，路转参差碧。

春晚桂丛深，日下山烟白。

芝英已可茹，悠然想泉石。

自峻极中院步登太室中峰

系马青松阴，蹑屣苍崖路。

惊鸟动林花，空山答人语。

云霞不可揽，直入冥冥雾。

玉女窗

玉女不可邀，苍崖郁岧直。

石乳滴空窦，仰见泬寥碧。

徙倚难久留，桂树含春色。

玉女捣衣石

玉女捣仙衣，夜下青松岭。

山深风霞寒，月杵遥相应。

灵踪杳可寻，片石秋光莹。

天门

石径方盘纡，双峰忽中断。

呀豁青冥间，畜泄烟云乱。

杉萝试举手，自可阶天汉。

天门泉

旧号救命泉，恶其名鄙，因取美名，书为续命泉，人书一字，立于泉侧。

烟霞天门深，灵泉吐岩侧。

云湿颢气寒，石老林腴碧。

长松暂休坐，一酌烦心涤。

天池

高步登天池，灵源湛然吐。

俯窥不可见，渊默神龙护。

静夜天籁寒，宿客疑风雨。

三醉石

三醉石在八仙坛上，南临巨崖，峰岫迤逦，苍烟白云，郁郁在下。物外之适，相与酣酌，坐石欹醉，似非人间。因索笔，目梅圣俞书三醉字于石上，而三人者又各题其姓名而刻之。

拂石登古坛，旷怀聊共醉。

云霞伴酣乐，忽在千峰外。

坐久还自醒，日落松声起。

《巩县志》[清乾隆十年（1745年）]洛口春游图

峻极寺

路入石门见，苍苍深霭间。
云生石砌润，木老天风寒。
客来依返照，徙倚听山蝉。

中峰

望望不可到，行行何屈盘。
一迳林杪出，千岩云下看。
烟岚半明灭，落照在峰端。

巩县初见黄河

河决三门合四水，径流万里东输海。
巩洛之山夹而峙，河来啮山作沙嘴。
山形迤逦若奔避，河益汹汹怒而詈。
舟师弭楫不以帆，顷刻奔过不及视。
舞波渊旋投沙渚，聚沫倏忽为平地。
下窥莫测浊且深，痴龙怪鱼肆凭恃。
我生居南不识河，但见禹贡书之记。
其言河状钜且猛，验河质书信皆是。
昔昔帝尧与帝舜，有子朱商不堪嗣。
皇天意欲开禹圣，以水病尧民以溃。
尧愁下人瘦若腊，众臣荐鲧帝曰试。
试之九载功不效，遂殛羽山惭而毙。
禹羞父罪哀且勤，天始以书畀於姒。
书曰五行水润下，禹得其术因而治。

凿山疏流浚畎浍，分擘枝派有条理。
万邦入贡九州宅，生人始免生鳞尾。
功深德大夏以家，施及三伐蒙其利。
江海淮济洎汉沔，岂不浩渺汪而大。
收波卷怒畏威德，万古不敢肆凶厉。
惟兹浊流不可律，历自秦汉尤为害。
崩坚决壅势益横，斜跳旁出惟其意。
制之以力不以德，驱民就溺财随弊。
盖闻河源出昆仑，其山上高大无际。
自高泻下若激箭，一直一曲一千里。
湍雄冲急乃迸溢，其势不得不然尔。
前岁河怒惊滑民，浸漱洋洋淫不止。
滑人奔走若锋骇，河伯视之以为戏。
呀呀怒口缺若门，日啖薪石万万计。
明堂天子圣且神，悼河不仁嗟曰喟。
河伯素顽不可令，至诚一感惶且畏。
引流辟易趋故道，闭口不敢烦官吏。
遵涂率职直东下，咫尺莫可离其次。
尔来岁星行一周，民牛饱刍邦羡费。
滑人居河饮河流，耕河之壖浸河渍。
嗟河改凶作民福，呜呼明堂圣天子。

范仲淹

和人游嵩山十二题

公路涧

曹公与袁绍常争据此地。

嵩高发灵源，北望洛阳注。
清流引河汉，白气横云雾。
英雄惜此地，百万曾相拒。
近代无战争，常人自来去。

拜马涧

子晋登仙，遗马于此，乡人见之皆拜。

传闻王子仙，涧边遗一骥。
当时青云路，鸡犬亦可致。
未必真龙媒，悠悠在平地。

二室道

太室何森耸，少室欲飞动。
相对起云霞，恍如游仙梦。
何以宠此行，行歌降神颂。

自峻极中院步登太室中峰

白云随人来，翩翩疾如马。
洪崖与浮丘，襟袂安足把。
不来峻极游，何能小天下。

玉女窗

窈窕玉女窗，想像玉女妆。
皎皎月为鉴，飘飘霓作裳。
莫学阳台梦，无端惑楚王。

玉女捣衣石

但见岩前砧，谁闻月下杵。
金文与铁色，璨璨知千古。
试问捣衣仙，何如补天女。

天门

天门绝境游，熙然揖灏气。
下顾莽苍间，云雷走平地。
天威不远人，孰起欺天意。

天门泉

天门有灵泉，埃尘未尝至。
日月自高照，云霞亦辉庇。
惟抱夷齐心，饮之可无愧。

天池

岳顶见天池，神异安可度。
勿谓无波涛，云雷有时恶。
乘此澄清间，吾缨可以濯。

三醉石

巍巍八仙坛，上有三醉石。
怜此高阳徒，如乐华胥域。
憔悴泽边人，独醒良可惜。

峻极上寺

徘徊峻极寺，清意满烟霞。
好风从天来，吹落桂树花。
高高人物外，犹属梵王家。

中峰

嵩高最高处，逸客偶登临。
回看日月影，正得天地心。
念此非常游，千载一披襟。

梅尧臣

少林寺

红旌过翠岑，林际瞻莲宇。
门对几千岩，花开第一祖。
禅庭松色寒，石室苔痕古。
寂寂不逢人，空檐燕方乳。

少姨庙

灵祠古殿深，少室群峰碧。
行雨欲随车，望岩非化石。
常闻兰气蒸，谁奠椒香液。
寄谢洛川妃，淩波定何益。

天封观

车马云外来，衣沾半山雨。
弭节扣真居，扪萝笑尘矩。
回溪响石丛，灵茹抽岩坞。
玉槛刻年华，应无愧前古。

殿槛石柱上有唐樊宗师、石鸿、韩退之、卢仝题名在焉，今亦刻名于此。

会善寺

杳蔼随龙节，萦纡历宝山。
琉璃开净界，薜荔启禅关。
煮茗石泉上，清吟云壑间。
峰端生片雨，稍促画轮还。

启母石

旷哉嵩室阳，神怪所栖宅。
苍石不知年，灵熊去无迹。
烟岩想桂宫，苔壁疑椒掖。
不学舜娥悲，潇湘竹枝碧。

河阳秋夕，梦与永叔游嵩，避雨于峻极院赋诗，及觉犹能记忆。俄而仆夫自洛来，云永叔诸君陪希深祠岳，因足成短韵

灵祠古殿深，少室群峰碧。
行雨欲随车，望岩非化石。
常闻兰气蒸，谁奠椒香液。
寄谢洛川妃，淩波定何益。

希深惠书言与师鲁、永叔、子聪、几道游嵩山因诵而韵之

闻君奉宸诏，瑞祝疑灵岫。
山水聊得游，志愿庶可就。
岂无朋从俱，况此一二秀。
方蕲建春陌，十刻残昼漏。
初经缑氏岭，古柏尚郁茂。
却过轘辕关，巨石相撑斗。
夕斋礼神祠，法衮被藻绣。
毕事登山椒，常服更短后。
从者十数人，轻赍不为陋。

是时天清阴，力气勇奔骤。

云岩杳亏蔽，花草藏涧窦。

傍林有珍禽，惊聒若避彀。

盘石暂憩休，泓泉助吞漱。

上窥玉女窗，崭绝非可构。

下玩捣衣碪，焜燿金纹透。

尹子体雄恔，攀缘愈习狃。

欧阳称壮龄，疲软屡颠踣。

竞欢相扶持，芒屩恣践蹂。

八仙存故坛，三醉孰云谬。

鄙哉封禅碑，数子昔镌镂。

偶志一时事，曷虞来者诟。

绝顶瞰诸峰，隘然轻宇宙。

遥思谢尘烦，欲知群鸟兽。

韩公传石室，闻之固已旧。

当时兴稍衰，不暇苦寻究。

东崖暗壑中，释子持经咒。

于今二十年，饮食同猿狖。

君子聆法音，充尔溢肤腠。

尝期蹑屐过，吾侪色先愀。

遂乖真谛言，兹亦甘自咎。

中顶会几望，凉蟾皓如昼。

纷纷坐谈谑，草草具觞豆。

清露湿巾裳，谁人苦羸瘦。

便即忘形骸，胡为恋缨绶。

或疑桂宫近，斯语岂狂瞀。

归来游少室，峭崒殊引脰。
石室迢递过，探访仍邂逅。
扪萝上岑邃，仙屋何广袤。
乳水出其间，涓涓自成溜。
凡骨此熏蒸，灵真安可觏。
霞壁几千寻，四字侔篆籀。
咸意苔藓文，诚为造化授。
标之神清洞，民俗未尝遘。
忽觉风雨冥，无能久瞻扣。
匆匆遂宵征，胜事皆可复。
俚歌纵喧哗，怪说多驳糅。
凌晨关塞阳，追赏颜匪厚。
穷极四百里，宁惮疲左右。
昨朝书报予，闻甚醉醇酎。
所嗟游远方，心焉倍如疚。

河阴中寨寒食

击柝声初绝，为鱼梦已残。
幽禽哢清晓，宿雨度余寒。
爨火明千灶，风旗展一竿。
归心惭社燕，自叹此微官。

同永叔、子聪游嵩山赋十二题

公路涧

我来袁公溪，断岸犹残垒。

僵柳远临湾，新蒲初出水。

行行古台近，两两惊禽起。

鸡犬何处闻，人家深坞里。

拜马涧

王子昔凌霓，国人兹拜马。

依稀日夜笙，声入寒泉泻。

空传七日期，飞鹤何时下。

二室道

度岭失群山，千峰出天际。

方欣左右看，屡改萦回势。

胜事谁与同，芬然有兰蕙。

自峻极中院步登太室中峰

税驾绿岩前，攀萝不知倦。

人从树杪来，路向云端转。

忽觉在烟霓，回看峰岭变。

玉女窗

玉洞倚霞壁，天窗露微明。
骖鸾去不返，啼鸟空相惊。
万木自亏蔽，扪萝复谁情。

玉女捣衣石

幽石称捣衣，捣衣人不见。
云缨白飘飖，岩树长葱蒨。
犹应寒夜中，山月来铺练。

天门

古壁何苍苍，穿云玉梯出。
欻然起青冥，却立观少室。
前岩复後峰，阴晴状非一。

天门泉

泠泠云外泉，的的岩光入。
静若仙鉴开，寒疑玉龙蛰。
时应下鹿群，迹印青苔湿。

天池

安知最高顶，清浅水池开。
有时片云出，倏忽生风雷。
谁羡双黄鹄，刷羽来徘徊。

三醉石

相期物外游，共醉仙坛石。
举手薄高穹，清风生两腋。
都忘尘世烦，笑傲聊为适。

登太室中峰

日夕望苍崖，崭崭在天外，
及来步其巅，下见河如带。
半壁云树昏，山根已雾霈。

峻极寺

山高路已穷，倏尔逢兰若。
落日老僧闲，支颐古松下。
缓步入禅庭，苔苍但萧洒。

客郑遇昙颖自洛中东归

禅衣本坏色，不化洛阳尘。
独有烟霞染，况将山水亲。
西风入关戍，宿雨过城闉。
谁羡飘然迹，吾车亦已巾。

李廷老自蔡州见访，云明日便归郑

故人夜相过，秉烛为开席。
车马立在门，樽酒岂暇索。
亹亹别后言，亹亹恨将适。
既去暝色合，不可见行迹。

送宋中道郑州拜扫

酣酣道旁杏，戢戢垅上柏。
不知烟火禁，但感风露易。
开关扫墓隧，向树系车軶。
洒泪有余悲，麒麟高几尺。

送侯寺丞知巩县

侯，洛人

伊洛合河流，正临归巩路。
崖壁人畏崩，芹泥岸长固。
山回邑郭见，马入云烟暮。
宰兹虽所淹，况与乡党附。

十月晦梦游嵩山，明日访宋中道，见次道寄宿岳寺

忽梦嵩峰下，同游失姓名。
山腰荒荦道，岩窦落泉声。
黑石文难辨，苍苔迹易成。
他时传洛咏，知是陆云兄。

送周寺丞宰新郑

仲冬言徂征，晓月在环玦。
京水生层冰，梅山见残雪。
县庭槐已古，堂壁碑未缺。
惟吾故交意，赠子以为别。

送余郎中知郑州

西接都门才百里，压城残雪照牙旗。
风烟古是诸侯国，雁鹜新来仆射陂。
馈食且依当日具，铸刑无改昔人为。
浓薰旧舍青绫被，不越常衙睡足时。

送宋中道朝陵仍于西都省亲

西出虎牢关，南瞻园庙戟。
汉殿拜衣冠，魏台严帐帟。
春风石阙冷，晓气田涂白。
早晚下朱陵，先过洛阳陌。

送晁殿丞郑州签判

朝离汜水上，夕去野亭赊。
走马日衔树，度河风卷沙。
关云来雨脚，陂岸长蒲芽。
共被方为乐，军中莫掺挝。

送吴辩叔知巩县

言为西邑宰，本是洛阳人。
送駔往归魏，迎车来入秦。
山川成巩固，陵庙壮威神。
好学河阳政，栽花作县春。

七夕永叔内翰遗郑州新酒，言值内直不暇相邀

诘朝持郑酝，向夕望星津。
俗意愿添巧，古心思变淳。
予穷少陵老，公似谪仙人。
独对金鸾月，宫词付小臣。

永叔内翰见索谢公游嵩书，感叹希深、师鲁、子聪、几道皆为异物，独公与余二人在，因作五言以叙之

昔在洛阳时，共游铜驼陌。
寻花不见人，前代公侯宅。
深堂锁尘埃，空壁斗蜥蜴。
楸阴布苔绿，野蔓缠石碧。
池鱼有偷钓，林鸟有巧射。
园隶见我来，朱门暂开辟。
园妇见我还，便扫车马迹。
何以扫马迹，实亦畏他客。
我辈唯适情，一叶未尝摘。
他人或所至，生果不得惜。
又忆游嵩山，胜趣无不索。
各具一壶酒，各蜡一双屐。
登危相扶牵，遇平相笑嚎。
石捣云衣轻，岩裂天窗窄。
上饮醒心泉，高巅溜寒液。
下看峰半雨，广甸飞甘泽。

夜宿岳顶寺，明月入户白。
分吟露气冷，猛酌面易赤。
明朝循归途，两胫痛若刺。
日旰就马乘，香草路迫厄。
却望峻极居，已与天外隔。
薄暮投少林，漱濯整冠帻。
碑观巡幸僧，指古定空壁。
誓将新咏章，灯前互诋擿。
杨生护己短，一字不肯易。
明年移河阳，簿书日堆积。
忽得谢公书，大夸游览剧。
自嵩历石堂，藓花题洞额。
其文曰神清，固非人笔画。
乃知二公贵，逆告意可赜。
遂由龙门归，里堠环数驿。
我时诗以答，或歌或辨责。
责我不喜僧，性实未所获。
凡今三十年，累冢拱松柏。
唯与公非才，同在不同昔。
昔日同少壮，今且异肥瘠。
昔日同微禄，今且异烜赫。
昔同骑破鞯，今控银辔革。
昔同自讴歌，今执乐指百。
死者诚可悲，存者独穷厄。
但比死者优，贫存何所益。

《巩县志》[清乾隆十年（1745 年）] 黑石通津图

郑州王密谏漱玉斋

渠渠梁照日，泯泯水分京。
激作飞岩势，流为杂佩声。
图书无近迹，草树有冬荣。
景落人间处，漂花出古城。

司马光

王君贶垂示嵩山祈雪诗十章，合为一篇以酬之

今秋少雨冬不雪，麦寄浮埃根欲绝。
圣主焦心闵万民，负扆不怡常膳撤。
诏书朝下遍九州，岳渎百神俱祷求。
西都留守虔君命，促驾不敢须臾留。
嵩高万仞蟠地中，海内众山无与雄。
前驱大旆拥千骑，波腾云涌来祠宫。
牲肥酒香笾豆洁，盛服斋明荐毛血。
有司执事皆萧然，宝帐神来风窣屑。
公心犹畏九阍遥，丹诚不得通青霄。
分留导从屯林麓，别张醮具登山椒。
山椒迢遰峻无极，行挽枯藤蹋危石。
万室嗷嗷愁死饥，敢惮劬劳爱余力。
天门上出俄坦平，下视一世尘杳冥。

焚香拜手倾恳恻，左右前后皆列星。
公今三守三川地，咫尽嵩高未尝至。
诘朝既毕祠祀严，暂转鸣珂历诸寺。
少林昔为达摩居，达摩英灵今有无。
廋辞流散满天下，竞以两手扪空虚。
法王魏氏离宫旧，玉刻狻猊赑犹有。
子孙宗庙皆尘灰，止见伽蓝存不朽。
会善庭隅千岁松，一根二股凌寒空。
势如鼎足争秀出，泠泠永夜吟霜风。
少室先生乐闲暇，弃官来家玉峰下。
昔为浪泊据鞍人，今结东陵卖瓜舍。
溪上有堂名挂冠，四垣重复皆林峦。
呼儿扫地喜公到，随分弦歌留尽欢。
周王太子名闻久，相传羽化缑山首。
鹤飞笙远窅无迹，遗庙今人空沥酒。
公来本不事遨嬉，周流闾里询疲羸。
亲呼令长嘱赤子，勿贪荣利穷鞭笞。
境中群望无不走，回辔仍过凿龙口。
奉先暮投林日曛，浥涧晨征辙冰厚。
归来新诗盈一编，明珠大贝相属联。
此行虽不从公后，历历胜游皆目前。

登封庞国博，年三十八，自云欲弃官隐嵩山，作吏隐庵于县寺，俾光赋诗，勉率塞命

懋德负长才，全牛不足剸。
才为百里宰，骥足殊未展。
齿发方盛强，趣尚已高远。
结庵眡二室，志欲巢绝巘。
贤人心如云，无迹有舒卷。
不须惊俗目，旧荦乃求显。
既知吏可隐，何必遗轩冕。

虎牢关

天险限西东，难知造化功。
路邀三晋会，势压两河雄。
余雪沾枯草，惊飚卷断蓬。
徒观争战处，今古索然空。

和君贶少林寺

达磨自云传佛心，绪言迷世到于今。
既携只履归西域，安得遗灵在少林。
孤月正明高殿冷，清风不断老松深。
谢公自爱山泉美，肯为幽禅此访寻。

又和岳祠谢雪题岳寺平法华庵

宴坐几何年，庭芜与砌连。

焚修真谛苦，功行得无圆。

阙里诗三百，濑乡文五千。

厌烦犹不读，何况淤泥莲。

平住庵不出近四十年，日诵《法华经》数十卷。

与乐道约会超化寺，比至，乐道以疾先归，途中有诗见寄

颠毛种种齿浮摇，屈指交游渐寂寥。

时较半朝非是晚，路无数里不为遥。

子猷垂到复归去，安道虽知未易邀。

古寺徘徊久东望，青春云日冷萧萧。

程颢

代少卿和王宣徽游崇福宫

睿祖开真宇，祥光下紫微。

威容凝粹穆，仙仗俨周围。

嗣圣严追奉，神游遂此归。

冕旒临秘殿，天日照西畿。

朱凤衔星盖，清童护玉衣。

鹤笙鸣远吹，珠蕊弄晴晖。

瑶草春常在，琼霜晓未晞。

木文灵像出，太一醴泉飞。

醮夕思飙驭，香晨望绛闱。

衰迟愧宫职，萧洒自忘机。

程颐

游嵩山诗

鞭羸百里远来游，岩谷阴云暝不收。

遮断好山教不见，如何天意异人谋。

王安石

出巩县

昭陵落月烟雾昏，篝火度谷行山根。
投鞭委辔涉数村，寤出巩县城东门。
向来宫阙不可见，但有洛水流浑浑。

书任村马铺

儿童系马黄河曲，近岸河流如可掬。
任村炊米朝食鱼，日暮荥阳驿中宿。
投老经过身独在，当时洲渚今平陆。
秫黍冥冥十数家，仰视荒蹊但乔木。
冰盘鲙美客自知，起看白水还东驰。
尔来百口皆年少，归与何人共此悲。

汜水寄和父

虎牢关下水逶迤，想汝飘然过此时。
洒血只添波浪起，脱身难借羽翰追。
留连厚禄非朝隐，乖隔残年更土思。
已卜冶城三亩地，寄声知我有归期。

题永昭陵

神阙淡朝晖，苍苍露未曦。

龙车不可望，投老涕沾衣。

中牟

颓城百雉拥高秋，驱马临风想圣丘。

此道门人多未悟，尔来千载判悠悠。

书汜水关寺壁

汜水鸿沟楚汉间，跳兵走马百重山。

如何咫尺商於地，便有园公绮季闲。

曾巩

送郑州邵资政

江夏无双誉，菑川第一才。

笑谈成黼藻，咳唾落琼瑰。

紫气锋铓露，青冥羽翼开。

隽游追暮府，高步集蓬莱。

探讨篇章洽，研磨术业该。

九宵新汉邸，万目注梁台。

选择真儒用，招延急诏催。

衣冠惊角绮，宾友重邹枚。

每右横经席，宁虚置醴杯。

八荒披日月，万里散云雷。

始去东山榜，俄参北斗魁。

庙堂奇计得，羌虏鸷心摧。

帝念人求旧，朝须汝作梅。

避荣言屡切，请外志难回。

际海归封略，连吴入剸裁。

夕冰承命出，昼锦过乡来。

许国风猷壮，容民宇量恢。

节旄恩换镇，京室地称陪。

赐觐亲中扆，通班接上台。

壶浆空度洧，公位在三槐。

苏洵

忆山送人

少年喜奇迹，落拓鞍马间。
纵目视天下，爱此宇宙宽。
山川看不厌，浩然遂忘还。
岷峨最先见，晴光厌西川。
远望未及上，但爱青若鬟。
大雪冬没胫，夏秋多蛇蚖。
乘春乃敢去，匍匐攀孱颜。
有路不容足，左右号鹿猿。
阴崖雪如石，迫暖成高澜。
经日到绝顶，目眩手足颠。
自恐不得下，抚膺忽长叹。
坐定聊四顾，风色非人寰。
仰面嗫云霞，垂手抚百山。
临风弄襟袖，飘若风中仙。
朅来游荆渚，谈笑登峡船。
峡山无平冈，峡水多悍湍。
长风送轻帆，瞥过难详观。
其间最可爱，巫庙十数巅。
耸耸青玉干，折首不见端。
其余亦诡怪，土老崖石顽。
长江浑浑流，触齧不可拦。
苟非峡山壮，浩浩无隅边。
恐是造物意，特使险且坚。

江山两相值，后世无水患。
水行月余日，泊舟事征鞍。
烂熳走尘土，耳嚣目眵昏。
中路逢汉水，乱流爱清渊。
道逢尘土客，洗濯无瑕痕。
振鞭入京师，累岁不得官，
悠悠故乡念，中夜成惨然。
五噫不复留，驰车走轘辕。
自是识嵩岳，荡荡容貌尊。
不入众山列，体如镇中原。
几日至华下，秀色碧照天。
上下数十里，映睫青巑巑。
迤逦见终南，魁岸蟠长安。
一月看山岳，怀抱斗以骞。
渐渐大道尽，倚山栈夤缘。
下瞰不测溪，石齿交戈鋋。
虚阁怖马足，险崖磨吾肩。
左山右绝涧，中如一绳悭。
傲睨驻鞍辔，不忍驱以鞭。
累累斩绝峰，兀不相属联。
背出或逾峻，远骛如争先。
或时度冈领，下马步险艰。
怪事看愈好，勤劬变清欢。
行行上剑阁，勉强踵不前。
矫首望故国，漫漫但青烟。
及下鹿头坡，始见平沙田。
归来顾妻子，壮抱难留连。
遂使十余载，此路常周旋。

又闻吴越中，山明水澄鲜。
百金买骏马，往意不自存。
投身入庐岳，首挹瀑布源。
飞下二千丈，强烈不可干。
馀润散为雨，遍作山中寒。
次入二林地，遂获高僧言。
问以绝胜境，导我同跻攀。
逾月不倦厌，岩谷行欲殚。
下山复南迈，不知已南虔。
五岭望可见，欲往苦不难。
便拟去登玩，因得窥群蛮。
此意竟不偿，归抱愁煎煎。
到家不再出，一顿俄十年。
昨闻庐山郡，太守雷君贤。
往求与识面，复见山郁蟠。
绝壁横三方，有类大破镮。
包裹五六州，倚之为长垣。
大抵蜀山峭，巉刻气不温。
不类嵩华背，气象多浓繁。
吴君颍川秀，六载为蜀官。
簿书苦为累，天鹤办笼樊。
岷山青城县，峨嵋亦南犍。
黎雅又可到，不见宜悒然。
有如烹脂牛，过眼不得飡。
始谓泛峡去，此约今又愆。
只有东北山，依然送归轩。
他山已不见，此可著意看。

苏轼

辛丑十一月十九日，既与子由别于郑州西门之外，马上赋诗一篇寄之

不饮胡为醉兀兀，此心已逐归鞍发。
归人犹自念庭帏，今我何以慰寂寞。
登高回首坡垅隔，但见乌帽出复没。
苦寒念尔衣裘薄，独骑瘦马踏残月。
路人行歌居人乐，童仆怪我苦凄恻。
亦知人生要有别，但恐岁月去飘忽。
寒灯相对记畴昔，夜雨何时听萧瑟？
君知此意不可忘，慎勿苦爱高官职。

韩子华石淙庄

绛侯百万兵，尚畏书牍背。
功名意不已，数与危机会。
我公抱绝识，凛凛镇横溃。
欲收伊吕迹，远与巢由对。
誓言虽未从，久已断诸内。
区区为怀祖，颇觉羲之隘。
此身随造物，一叶舞澎湃。
田园不早定，归宿终安在。
彼美石淙庄，每到百事废。

泉流知人意，屈折作涛濑。
寒光洗肝膈，清响跨竽籁。
我旧门前客，放言不自外。
园中亦何有，荟蔚可胜计。
请公试回首，岁晚余苍桧。

王郑州挽词

羡君华发起琳宫，右辅初还鼓角雄。
千里农桑歌子产，一时冠盖慕萧嵩。
那知聚散舂粮外，便有悲欢过隙中。
京兆同僚几人在，犹思对案笔生风。

题卢鸿一《学士堂图》

昔为太室游，卢岩在东麓。
直上登封坛，一夜茧生足。
径归不复往，峦壑空在目。
安知有十志，舒卷不盈幅。
一处一卢生，裘褐荫乔木。
方为世外人，行止何烦录。
百年入篋笥，犬马同一束。
嗟余缚世累，归未有茅屋。
江干百亩田，清泉映修竹。
尚欲逃世名，岂须上图轴。

苏辙

登封道中三绝

缑山祠

飞仙不返周王子，重阜相连少室孙。
夜静笙声兼鹤下，回看惟有故山存。

轘辕道

青山欲上疑无路，涧道相萦九十盘。
东望嵩高分草木，回瞻原隰涌波澜。

少林寺赠顿起

一径乔林下黄叶，三山翠壁绕禅居。
共君将住还归去，欲问安心知己疏。

少林东接少室，北倚石城，南临凤凰山。凤凰山上有初祖庵，二祖问法于此。

登嵩山十首

石径

苍壁上参天，微径随流水。
謦牙石齿乱，纷薄黄叶委。
牵攀不得上，颠仆几将止。
勉强终此行，更老知难至。

玉女窗

岩窦有虚明，昽昽发晴晓。
真人无俦匹，窗下晨妆早。
门开秋雨入，室静长风扫。
绝迹杳难寻，朱颜未尝老。

捣衣石

玉女云为衣，飘摇不须捣。
空传岩下石，夜杵知谁抱。
清泉供浣濯，素月铺缯缟。
人世迫秋寒，处处砧声早。

醒心泉

上山苦饥渴，中道得寒泉。
举瓢石窦响，入口烦痾痊。
洑流去不见，落涧声锵然。
莫归复相值，相従下平川。

峰顶寺

重重山前峰，上上终非顶。
行登众岭彻，始得山门迥。
高风惨多寒，落日侧先暝。
却视向所经，眇如在深井。

登封坛

登封事已遥，大碑摧风雨。
灵坛久销秃，古木中梁柱。
峰峦至此尽，苍石无寸土。
俯视万仞高，悲辛但狂顾。

法华岩

飞桥走岩居，茅屋今已破。
何年避世僧，此地常独卧。
秋风高鸟入，夜月寒猿过。
自非心已灰，静极生悲惰。

将军柏

柏在天封观，观即唐避暑宫。

肃肃避暑宫，石殿秋日冷。
凛然中庭柏，气压千夫整。
风声答万壑，云色通诸岭。
材大难为工，甘与蓬蒿屏。

吴道子画四真君

在精思观

浮埃古壁上，萧然四真人。
矫如云中鹤，犹若畏四邻。
坐令世俗士，自惭污浊身。
勿谓今所无，嵩少多隐沦。

启母石

神夫化黄熊，神母化白石。

婴儿剖还父，涕泣何暇恤。

尔来三千岁，往事谁复识。

惟有少姨存，相望居二室。

过韩许州石淙庄

水中有石曰淙，唐天后朝常燕群臣于此，石刻尚在。

飞泉来无穷，发自嵩岭背。

奔驰两山间，偶与乱石会。

倾流势摧毁，泥土久崩溃。

坚姿未消释，截嶭俨相对。

居然受喷泼，雷转诸壑内。

初喧堕深谷，稍放脱重隘。

跳沫溅霏微，余澜汹澎湃。

宸游昔事远，绝壁遗刻在。

人迹久寂寥，物理系兴废。

相君厌纷华，筑室俯湍濑。

濯缨离尘垢，洗耳听天籁。

将追赤松游，自置青云外。

道人亦何者，预此事归计。

犹恐山未深，更种万株桧。

过登封阎氏园

秋暑尚烦襟，林泉净客心。
菊残知节过，荷尽觉池深。
疏柳摇山色，青苔遍竹阴。
犹嫌进官道，辘辘听车音。

次韵子瞻送范景仁游嵩洛

寻山非事役，行路不应难。
洛浦花初满，嵩高雪尚寒。
平林抽冻笋，奇艳变山丹。
节物朝朝好，肩舆步步安。
酴醾酿腊酒，苜蓿荐朝盘。
得意忘春晚，逢人语夜阑。
归休三黜柳，赋咏五噫鸾。
鹤老身仍健，鸿飞世共看。
云移忽千里，世路脱重滩。
西望应思蜀，东还定过韩。
平川涉清颍，绝顶上封坛。
出处看公意，令人欲弃官。

卢鸿草堂图

昔为大室游，卢岩在东麓。
直上登封坛，一夜茧生足。
径归不复往，峦壑空在目。
安知有十志，舒卷不盈幅。
一处一卢生，裘褐荫乔木。
方为世外人，行止何须录。
百年入箧笥，犬马同一束。
嗟予缚世累，归来有茅屋。
江干百亩田，清泉映修竹。
尚将逃姓名，岂复上图轴。

苏过

次韵韩华国相约游嵩少

耕粮已办登山计，积淖车轮四角生。
勇健无人先接淅，滞留愧我说重盟。
风回远壑云归岫，雨洗苍苔屐有声。
刻石题名须绝巘，蓬莱顶上记曾行。

后旬日雨止，遂行至大成冈，初见嵩少

青山真似有情人，百里相迎列万屯。

积翠已堪供爽气，群趋如欲避雄尊。

少宽眼界尘埃外，却视醯鸡井陌喧。

方信胸中有馀地，青丘云梦不劳吞。

登峻极顶

言登嵩高峰，结束两芒屩。

摄衣上天梯，股栗战荦确。

不知几流汗，跃出万仞壑。

刚风被太虚，尘世俯下浊。

依稀两仙童，遗我一丸药。

平生井底蛙，未见宇宙廓。

四维忽骞举，小知为磅礴。

得穷恢谲眼，赖有腾趠脚。

东观扶桑升，北瞰天河落。

不须议雄尊，培塿眇庐霍。

送乡僧世鹏游嵩少

吾蜀士尚气，凭陵以相高。
傥无胜己友，便绝平生交。
诗书将吾军，道艺恃所操。
宁甘毙百战，讵肯挫一毫。
气俗未易改，波澜到方袍。
世鹏此其流，何止事风骚。
我观浮屠法，成佛须我曹。
荣枯寄梦幻，生死真鸿毛。
恨子太孤直，崭然出蓬蒿。
须防斤斧厄，且为声名逃。
空山人迹少，晏坐狐狸嗥。
三年再见子，庶其免风涛。

黄庭坚

和答登封王晦之登楼见寄

县楼三十六峰寒，王粲登临独倚栏。
清坐一番春雨歇，相思千里夕阳残。
诗来嗟我不同醉，别后喜君能自宽。
举目尽妨人作乐，几时归得钓鲵桓。

鸿沟

英雄并世不相容，割据山川计亦穷。

沟水已东全入汉，淮阴谁复议元功。

子产庙

区区小郑多君子，谁若公孙用意深。

监巫执节诛腹诽，不除乡校独何心。

张耒

宿峻极下院

天寒苍山高，野寺在山麓。

长林系我马，古屋留客宿。

空岩阴风豪，达旦号古木。

梦为神仙游，境界脱尘俗。

平明出户望，晓日在岩腹。

冰霜刮昏霾，万丈攒翠玉。

山行日已久，常苦见未足。

犹同贤者处，愈久愈可欲。

传闻峻极岭，千里如在目。

愧尔岩上僧，穷年玩幽独。

下鄂岭

阴风吹我衣，左右入石壁。
石色寒更青，萧萧响枯枥。
深行方惨淡，路尽两崖辟。
群山岔然来，千里平若席。
兹惟东周壤，气象雄万国。
山河拱列都，自古帝皇宅。
轘辕天设险，坐制万夫力。
周公卜迁鼎，彼肯事无益。
天寒僮仆愁，岁晚霜霰逼。
缅思垂堂戒，揽辔三叹息。

曲河驿初见嵩少

我行日益深，所遇日益好。
森然过绝壁，惨淡石色老。
层峰乍崩奔，峻峡忽开导。
清溪泻两间，浅濑浮水鸟。
萦纡石路窄，构架野桥小。
娟娟翠筱寒，时见木合抱。
危亭偶平旷，是日见嵩少。
峨峨重云外，傲睨插苍昊。
坐令群山势，凌轹困籍蹈。
平生忽俗事，丘壑情所好。
无谋苟自给，薄官废幽讨。

岂无幽栖士，顾我林下笑。

会当采芝去，富贵曷足道。

过少室

驱车继日未知劳，翠霭岚光下褐袍。

日暖峰峦开少室，雪余松柏近嵩高。

山行岁晚风霜苦，地势西来气象豪。

胜事欲歌纷满目，烟霞深处欲诛茅。

初见嵩山

年来鞍马困尘埃，赖有青山豁我怀。

日暮北风吹雨去，数峰清瘦出云来。

吕本中

京师新郑与诸晁兄弟往还前后数诗

夜语不嫌久，凛然天欲秋。

客灯吹屡灭，细雨落还休。

未许金张并，虚为鄠杜游。

江河少归梦，知为故人留。

新郑路中

柳絮飞时与君别，南楼把酒看新月。
月似当年离别时，柳絮随君何处飞。
落花寂寂长安路，陌上十人九人去。
准拟归鸿寄得书，回头已失秦州树。
丈夫薄情多可念，尔独何心守贫贱。
劝君以金屈卮，赠君以长短歌。
城南城北春草多，明月如此奈愁何。

离新郑

荒村更柳色，节物近清明。
去国三年恨，还家一日程。
故人投晓别，羸马傍山行。
何事逢寒食，春来苦要饧。

将游嵩少题石淙

石淙在嵩山之东三十里，下临绝壑，有流水焉，奔腾纵放，适与石会。蛟龙之所畏避，风雨之所出入。骇目奇异之观，少有能过此者矣，作石淙诗。

南山吐云柳絮飞，北山之外烟草微。
南山北山日在眼，问公此去何时归。
石淙山水更奇绝，水怒决石山崩摧。
长空无声晓色静，忽听万壑悬惊雷。
珊瑚缺折玉破碎，月落倒卷从天回。

中流险绝不须道，笑侮滟滪怜离堆。
平生好事心突兀，时于图画见仿佛。
褰衣度水公莫畏，何须苦避蛟龙窟。
明朝更作嵩少游，五更绝顶看日出。

登太室绝顶

生平仰嵩丘，今日上绝顶。
苍天不能高，星斗閟光景。
风云乍起伏，雷雨半苏醒。
下看飞鸟背，错乱松柏影。
神龙不深遁，偃蹇卧半岭。
旧闻飞石斗，不受悬瀑梗。
大河东北流，渺渺黄数顷。
五更看日出，平地涌金饼。
谁能啜其华，夜气初未冷。
诸峰环而立，一一皆秀整。
中居此丈夫，众象不得骋。
巍然万物表，独阅百代永。
同来有奇士，可得一笑领。
不用贮微言，区区吊箕颍。

宿嵩前

火云如鹏骞，簸翮赴山谷。
独含片雨归，故故喧涧竹。
野亭桂空起，入夜鸟争宿。
我行亦已殆，况此弛檐仆。
倒床不复呼，烂熳听自足。
人生浪游世，世网未易触。
好学还山云，终焉宿幽独。

客说嵩顶松实甚佳

飘飖山中女，绿毛以为衣。
但食青松子，不死亦不饥。
昼想此仙人，夜或梦见之。
客云嵩高顶，长松乱纷披。
拔地起霜干，盘空缺虬枝。
惜无长臂人，挽此须与髻。
但闻云间子，时被天风吹。
愧我一食身，何由揖仙姿。
欲学飧松法，人间了无师。

陈与义

中牟道中二首

雨意欲成还未成，归云却作伴人行。
依然坏郭中牟县，千尺浮屠管送迎。

杨柳招人不待媒，蜻蜓近马忽相猜。
如何得与凉风约，不共尘沙一并来。

金

刘昂霄

史学

张瑴

赵思文

宋景萧

史士举

辛愿

李汾

朱弁

元好问

许安仁

王庭筠

赵秉文

周昂

赵元

冯璧

王若虚

麻九畴

雷渊

李献能

王渥

杨庭秀

段继昌

刘勋

秦略

许安仁

望少室

名山都不见真形，万仞盘盘入杳冥。
安得云间骑白鹤，下看三十六峰青。

少室道中

少室峰头晓月沈，千家城郭淡阴阴。
五更鸡唱残星灭，马上看山过少林。

王庭筠

超化寺

隔竹微闻钟磬音，墙头修绿冷阴阴。
山迎初日花枝靓，寺里清潭塔影深。
吾道萧条三已仕，此行衰病独登临。
简书催得匆匆去，暗记风烟拟梦寻。

舍利塔

苍山亭亭如覆盎，佛塔东西屹相向。
林头朝日射重檐，黄金丹砂晔生光。
中华此塔第十五，图记所传知不妄。
智惠薰成舍利罗，夜半奇芒时一放。
想见当时阿育王，麾叱神工鞭鬼匠。
云车瘴海挽炎沙，沙底黄肠三万丈。
石排方面蒇石段，铁锢瘦中腰鼓样。
功夫精密业长久，位置尊严气高张。
地皮浮水肤寸许，旱溢与之俱下上。
崧山归山夏秋雨，雨潦从衡岁相荡。
天龙围护夜叉守，终劫不敢生波浪。
塔前树秀老不死，树下水流多益壮。
再拜初尝一勺甘，洗我三生烦恼障。

河阴道中二首

梨叶成阴杏子青，榴花相映可怜生。
林深不见人家住，道上唯闻打麦声。

微行入麦去斜斜，才过深林又几家。
一色生红三十里，际山多少石榴花。

赵秉文

虎牢

两崖峡束枕洪涛，自古英雄争虎牢。
苍天胡为设此险，长使战骨如山高。

周昂

侍祠太室

设燎彤庭敞，悬灯玉殿深。
星河含爽朗，城阙动阴沈。
祇慄诚初荐，馨香德已歆。
清风动云幕，有喜见神心。

赵元

渡洛口

一脉寒流两岸冰，断桥无力强支撑。
忘机羡杀沙鸥好，不省人间有战争。

宿少林寺

双轮走鸡栖，下岭分间道。
行行得精舍，翠巘作回抱。
诸峰知客来，故故颜色好。
征衫满尘土，惭愧方丈老。
殷勤一瓣香，为我除热恼。
世缘如落花，篱衵迹俱埽。
个中有佳处，行脚恨不早。
一庵祖师傍，异日亲结草。

冯璧

元光间，予在上龙潭。每春秋二仲月，往往与元雷游历嵩少诸蓝。禅师汴公方事参访，每相遇，辄挥毫赋诗，以道闲适之乐，今犹梦寐见之。儿子渭近以公故抵任城，禅师附寄诗以叙畴昔。未几，驻锡东庵。因造谒，间出示裕之数诗，醉笔纵横，亦略道嵩游旧事。感叹之余，漫赋长句二首

性理诸方巳遍参，归来一锡驻东庵。
山中莲社旧招隐，旅舍阿戎新对谈。
诗笔如君僧有几，文章愧我老无堪。
绫书大字拈香疏，须趁微之酒半酣。

少林修竹欲天参，竹外幽闲草结庵。
顾我虽存惟白发，与君曾此共玄谈。
干戈横绝境犹梦，草树荒残人岂堪。
腊瓮春醪髯莫预，商歌悲壮不能酣。

雨后看并玉所控诸峰

并玉如高人，壁立九千仞。
一日不见之，令人生鄙吝。
春深木叶敷，秀色益濡润。
结茅寄僧蓝，晴碧时得趁。
老宿诧孙峰，隅侍到龆龀。
连延青一色，枚数须谛认。
溟濛空翠间，我亦疑未信。
朝来云气昏，埋没瑜匿瑾。
如苍梧政愁，湘妃郁思舜。
重阴俄解驳，霭澍夕晖衬。
娟娟忽层出，历历分远近。
云峰互吞吐，千状才一瞬。
出奇如孙吴，相降如廉蔺。
如众星拱辰，如侯伯入觐。
接武如朋簪，承迎如价傧。
负固如吴楚，争长如齐晋。
怪诡如夷蛮，骈罗贡琛赆。
窘蹙如擒获，系累将就衅。

如应龙神灵，蛰卧时奋迅。
如天驷超轶，垧牧税羁靮。
如雄对改容，失箸骇疾震。
如猛士无哗，攒槊俟严阵。
独两峰巍然，魁杰俨崇峻。
光辅岳柱天，郁为中兴镇。
降生申与甫，周室偾复振。
诗传配崧高，百世磨不磷。

同希颜怪松

崧高地气灵，花木竞妍秀。
玉峰西南趾，有松独怪陋。
偃蹇如蟠螭，奋迅如攫兽。
叶劲须髯张，皮古鳞甲皱。
菌蠢藤瘿怒，支离笻节瘦。
月上虬影摇，风度雨声骤。
子落慰枯禅，枝樛碍飞鼬。
盘根万乘器，平盖千岁寿。
樵斤幸免寻，厦匠矧肯构。
龙化会有时，天旱期汝救。

之
圖
四十里
大隗山
院青保
東至新鄭縣界五十五里
雲岩宮
王寨保
浮山保
在坊保
伍村保
三十里

《密县志》[清顺治十六年（1659 年）] 疆域之图

王若虚

答郑下辨禅师见戏代防御高侯

酒肆淫房总道场，偶然游戏亦何妨。

阿师自堕泥牛趣，更笑春风柳絮狂。

麻九畴

李道人嵩阳归隐图

城郭维崇，井里维通。

冠盖维错，纨绮维丛。

云谁之子，招子归嵩。

舍我筝筑，乐彼潺淙。

食彼瓦缶，遗我鼎钟。

云谁之子，绘子归嵩。

离人友鹿，避俗朋松。

石啮我足，泉瘿我咙。

吾恐时人，笑子归嵩。

有山有怪，有水有龙。

盗出寇没，啸兕咻熊。

吾恐狂人，诳子归嵩。

子谓我言，决意归嵩。

归嵩何如，如鸿避弋，如鹤脱笼。

与幻俱化，与化俱融，是以归嵩。

南山重重，翠如植葱。

北山隆隆，绀如堆铜。

仰嵩俛嵩，雨濯云烘。

嵩之为我，我之为嵩。

我闻子言，衣如张风。

心先去鸟，层云荡胸。

静言思之，富为目蒿，贵为心蓬。

饰说干令，讵知任公。

归嵩良是，生龟脱筒。

子不归嵩，送子归嵩。

雷渊

会善寺怪松

物生自有常，怪特物之病。
嗟嗟此老苍，怪怪生魁柄。
侏儒蹩躄股，宿瘤拥腮颈。
蜿蜒蛟龙戏，腾掷貙虎竞。
须髯喜张磔，意气怒狂迸。
匠石求栋楹，节目足讥评。
刍荛急薪槱，坚悍空盼瞪。
静言观倚伏，未易相吊庆。
虽违时世用，顾免斤斧横。
阳秋莫荣悴，岁月何究竟。
盘盘曲则全，挺挺独也正。
小草误扫迹，伏神还守性。
傥随天中景，广宇共庥映。

玉华山中同裕之分韵送钦叔得归字

洗耳颍川水，疗饥西山薇。
山川得佳客，草木生光辉。
末路风教薄，此道日已微。
相期千载事，非君谁与归。

九日登少室绝顶，同裕之分韵得罗字

闲居爱重九，佳人重相过。

登高酬节物，少室郁嵯峨。

迤逦谢尘土，夷犹出烟萝。

欻如据鳌头，万壑俯蜂窝。

浩浩跨积风，瀰瀰渺长河。

日车昃红轮，天宇凝苍波。

指点数齐州，始觉氛埃多。

我无倚天剑，有泪空滂沱。

惊鳞盼奥渚，倦翼占危柯。

悔不与家来，结茅老岩阿。

归途眷老阮，广武意如何。

启母石同裕之赋

千古崩崖一罅开，强将神怪附郊禖。

无情顽石犹贻谤，贝锦从为巷伯哀。

叔献兄归隐嵩山，有诗见及，依韵奉寄

几百千年一敬通，飘飘归袂振孤风。

平生自处神明在，衰俗无从议论公。

韶箾向来仪彩凤，弋矰何苦慕冥鸿。

他年杖屦相寻处，三十六峰云雾中。

爱诗李道人若愚嵩阳归隐图

我家崧前凡再期，诗僧骚客相追随。
春葩缤纷香涧谷，夏泉喷薄清心脾。
霜林置酒曳锦障，雪岭探梅登玉螭。
重阳夜宿太平顶，天鸡夜半鸣喔咿。
整冠东望见日出，金轮涌海光陆离。
神州赤县入指顾，风埃未靖空嘘欷。
穷探极览不知老，泉石佳处多留题。
简书驱出踏朝市，期会迫窄愁鞭笞。
襟怀尘土少清梦，齿颊棘荆真白痴。
叩门剥啄者谁子，道人面有熊豹姿。
披图二室忽当眼，贯珠编贝多文辞。
我离山久诗笔退，摹写岂复能清奇。
再三要索不忍拒，依依但记经行时。
道人爱山复爱诗，嗜好成癖未易医。
山中诗友莫相厌，远胜薰酣声利乾没儿。

李献能

夜宿虚皇阁下

倚天青壁截云霞，一水高悬界削瓜。

不惜跉跰攀石磴，要看绚烂坼云华。

玉峰影里虚皇阁，铁笛声中秘监家。

明日川涂入尘土，却应平地几褒斜。

玉华谷同希颜、裕之分韵得秋字

玉龙落峡喷飞流，空翠霏霏晚不收。

软脚山堂一壶酒，暮凉闲对两峰秋。

荥阳古城登览寄裕之

突兀高台上古城，登临人境两峥嵘。

关河落日岁云暮，草木临风气未平。

虎掷龙拿王伯事，天荒地老古今情。

一杯欲洗兴亡恨，为唤穷途阮步兵。

王渥

送裕之还嵩山

高怀不受簿书侵，清颍鸥盟欲重寻。
老去宦情知我薄，闲来道念见君深。
对床夜雨他年梦，满马西风此日心。
嵩顶胜游谁得共，仙闻仙驭待知音。

杨庭秀

成皋道中

瘦马成皋道阻长，峥嵘冰雪老年光。
九关欲上虎豹怒，三径未归松菊荒。
嵩少云烟聊驻马，汉唐宫殿两亡羊。
郑南岭下梅花发，千里相思空断肠。

段继昌

读纪信传

鹿走中原两虎争，荥阳围解事堪惊。
当时拔剑论功者，矢口何人说纪生。

刘勋

爱诗李道人嵩阳归隐图

脱却儒冠已自闲，更令家事勿相关。
百钱便挂青藜杖，不看先生纸上山。

秦略

少室山卓剑锋

神威洗尽世间仇，电歇雷闲怒气收。
一柄太阿留少室，却擘空掌华山头。

刘昂霄

游五渡谷

南山如碧环，缺处苍崖开。
当年造物手，办此何神哉。
睥睨倚天壁，千古封莓苔。
源源万斛泉，飞出重山来。
白龙三百丈，行处鸣春雷。
巨石若栋宇，磊砢相推排。
跳波与溅沫，余怒犹喧豗。
我来值杪秋，万壑风声哀。
黄花杂红树，锦绣纷岩隈。
奇胜夙所贪，欲去仍裴徊。
题诗还自笑，愧我非仙材。

史学

李道人嵩阳归隐图

石壁城头夜斩关，软红尘底晓催班。
道人一笑那知许，门外青溪屋上山。

过太室

三辅祥开表圣期，三呼天寿与天齐。
殿櫓碧瓦仍唐制，洞锁苍苔失汉题。
柱玉已闻安庙祏，剑锋重为剪撑黎。
升中剩有辞臣赋，满望鸾旂凤盖西。

张彀

石淙

天后离宫，在嵩山曲河，即东坡为韩子华赋诗处也。

颍水洗余高士耳，是非犹恐污人牛。
区区武媚何为者，水上磨崖纪宴游。

赵思文

嵩山承天谷

又云逍遥谷

烟霞直上逍遥谷，路转山腰咫尺迷。
已觉洞天分圣境，更疑石磴是仙梯。
霜添红叶黄花好，天与金壶玉柱齐。
醉倚西风正南望，暮云烟草一时低。

宋景萧

河阴望河朔感寓一首

南来边报日骎骎，思禹亭高泪满襟。
野烧为谁留白草，荒城空自隔疏林。
雁声不断天连水，山色无情古又今。
离合兴亡只如此，往年争识少陵心。

史士举

超化

石根寒溜迸珠玑，寻丈惊看雪浪飞。

我是玉川烟水客，暂来盘礴亦忘归。

辛愿

过嵩山

催老年光衮衮来，好怀知欲向谁开。

箕山颍水春风里，呼起巢由共一杯。

李汾

雪中过虎牢

萧萧行李戛弓刀，踏雪行人过虎牢。

广武山川哀阮籍，黄河襟带控成皋。

身经戎马心愈壮，天入风霜气更豪。

横槊赋诗男子事，征西谁为谢诸曹。

朱弁

初春以蔓菁作齑。因忆往年避难大隗山，采芹涧中为齑。齑成汁为粉红色，而香美特异，乃信郑人所言信不诬矣。今食新齑因成长韵

藏蔬饱三冬，媚盘无虀靡。
陈齑解束缚，冰雹散刀几。
春畦芜菁苗，入眼渐可喜。
青黄含风露，采摘从此始。
持归作新齑，一饱竞鲜美。
芬香溢肺肝，甘脆响牙齿。
扪腹幽窗下，刍豢讵能比。
忆昔避难初，窜身重岩里。
云烟昏具茨，老稚且栖止。
燕兵大搜索，焚荡石牛底。
脱命擉虎山，野哭纷四起。
暮投山前店，茅栋例烧毁。
潜伏窟室中，衣敝不盖体。
妻孥坐相对，生意薄于纸。
晨朝行涧中，采芹涧边洗。
郑人夸此齑，他菜非所拟。
氤氲投瓦盎，触鼻似兰芷。
一杯红粉羹，析酲胜仙醴。
乃知野人献，凉薄未宜鄙。
今来滞殊乡，白首家万里。
犹能对荤膻，咀嚼出宫徵。

回思十年梦，争夺殊未已。

饱食但谋身，吾颡良有泚。

元好问

箕山

幽林转阴崖，鸟道人迹绝。

许君栖隐处，唯有太古雪。

人间黄屋贵，物外祇自洁。

尚厌一瓢喧，重负宁所屑。

降衷均义禀，汩利忘智决。

得陇又望蜀，有齐安用薛。

干戈几蛮触，宇宙日流血。

鲁连蹈东海，夷叔采薇蕨。

至今阳城山，衡华两丘垤。

古人不可作，百念肺肝热。

浩歌北风前，悠悠送孤月。

同希颜再登箕山

千年箕山祠，萝径深以悄。
桂树不复见，秃簌余秋篠。
盘盘尽绝顶，石冢平木杪。
长风万里来，筋骸觉轻矫。
侧身望岩窦，解衣憩林表。
是时夏春交，野色乱青缥。
川光乍明灭，地脉互萦绕。
冈峦蚁垤出，井邑蜂衙扰。
红尘洛阳昏，白云太行晓。
元功信冥漠，一览疑可了。
悟彼东山人，胸中鲁宜小。

出京

史院得告归嵩山侍下

从宦非所堪，长告欣得请。
驱马出国门，白日触隆景。
半生无根著，飘转如断梗。
一昨随牒来，六月阻归省。
城居苦湫隘，群动日蛙黾。
惭愧山中人，团茅遂幽屏。
尘泥免相涴，梦寐见清颍。
矫首孤飞云，西南路何永。

颍谷封人庙

泄泄颍谷云，融融颍川水。
封君去我久，水云自清美。
人言君善谏，微意得郑子。
特于悔悟时，一语发天理。
大孝动天地，土苴及顽鄙。
反身而未诚，善谏且败矣。
如何千载下，乃与茅焦比。
我行颍川道，永念负甘旨。
愿作赪尾鲂，因之日千里。

少林

云林入清深，禅房坐萧爽。
澄泉洁余习，高鸟唤长往。
我无玄豹姿，漫有紫霞想。
回首山中云，灵芝日应长。

李道人嵩山归隐图

北山范宽笔，老硬无妍姿。
南山小平远，澹若韦郎诗。
嵩阳古仙村，佳处我所知。
长林连玉华，细路入清微。
连延百余家，柴门水之湄。

桑麻蔽朝日，鸡犬通垣篱。
愧我出山来，京尘满山衣。
春风四十日，梦与孤云飞。
可笑李山人，嗜好世所稀。
逢人觅诗句，不恤怒与讥。
道人本无事，何苦尘中为。
京师不易居，我痴君更痴。
山中酒应熟，几日是归期？

送郝讲师住崇福宫

郝平，晋人

大方之家几知津？郝君七十老斫轮。
书文五车喙三尺，剧谈混沌今犹神。
太玄博士为绝倒，君言夸矣天公嗔。
长安冠盖罗青云，洛阳车马争红尘。
怪君掉头不肯住，寂寞来作由东邻。
嵩高维岳古所秩，三十六帝有外臣。
玄都石坛待飙驭，宫殿突兀松轮囷。
上界仙人邓云山，洞天治所名司真。
蓬莱方丈去不远，明星玉女时相亲。
瑶华可撷兰可纫，烟霞永隔尘中人。
黄鹄一去不复返，白鸥万里谁能驯。
为我殷勤谢邓君，玉华岁晚当平分。

鸿沟同钦叔赋

刘郎著手乾坤了，未害与渠分九州。

夸儿衣绣自楚楚，作计岂复西鸿沟。

雌雄自决已无策，尺寸必争唯上流。

韩生已死言犹在，千载令人笑沐猴。

雪中自洛阳还嵩山

道人薄有尘外缘，迫入尘埃私自怜。

三十六峰一茅屋，梦里西家掠社钱。

津津喜色见眉宇，峨峨青城当眼前。

蹇驴径入风烟去，恰是梅花欲雪天。

嵩山玉镜

玉镜见何许？今旦东山陲。

积雨洗昏霾，旭日发光辉。

光辉夺人目，滟滟如动移。

初如秋月圆，渐如曙星微。

曙星不能久，并与晨露晞。

此镜何从来？造化秘莫窥。

山精或宝气，恍惚令人疑。

谁为问岳祇，山川英秀会有归。

不能生申与甫瑞王国，万丈光芒徒尔为。

南湖先生雪景乘骡图并引

南湖先生，原武人。年二十许时，曾以乡赋两魁郑州。然其资倜傥，所以自望者甚高，终不乐为举子计，即弃去，学击刺。当正隆征南，颇欲驰逐戎行间。既而大定诏书下，兵各罢归，先生抱利器而无所试，乃浮湛里社，以诗酒自娱。买田南湖之上，筑亭种树，徜徉乎其间，尽置家事，日与宾客酣饮，歌管棋槊，穷日夕不少休。家故饶财，又好施予，其赴人之急，犹疾痛之在己，故人尤以此归之。所与游如临洺王逸宾、游宗之、大定刘之昂，其人皆天下名士。至论人物，必曰："靖达卿，今日之奇男子也。"先生生于天会初，历大定、明昌、泰和，优游于太平和乐之世者五十年。大安兵兴，乃下世。平生喜作诗，乐府尤有蕴藉，观西子弃瓢诗可见也（鬐鬟萧飒苎罗秋，千古香溪水自流。吴越兵争竟何得，风流输与五湖舟）。尝雪中骑青骡，行京水道中，作长诗，卒章有"安得西都画史吮笔出新意，写作南湖老子雪景乘骡图"之句。其子文炜，北渡后来东平，始以先生之意追画此图，求仆赋诗。文炜质直好义，读书作文，有声时辈中。观其子，可以想见先生之为人。故为道其事，并以致怀贤之思。

大河茫茫白连空，寒云迢迢度南鸿。
汴梁高楼管弦里，成皋行人西北风。
北风吹雪来，飘瞥卷孤蓬。
异色变惨澹，元气开洪蒙。
襄阳潮阳诗境在，掇拾物色真难工。
青骡谁此游，望见知是南湖翁。
南湖翁，少日肮脏今龙钟，犹能吐气万丈如长虹。
闭门兀坐意不惬，要看银海翻鱼龙。
宝华世界琼瑶宫，江山随翁入清雄。
诗成仰天一大笑，飞花落絮春蒙蒙。
郁郁梁宋郊，翁家出强宗。
许与必豪右，收入等侯封。
翁年十八九，弄笔学雕虫。
叠取两解魁，隐隐何隆隆。
一旦拂衣去，学剑事猿公。
正隆适南征，匹马走从戎。
墨丸磨盾鼻，意与江流东。
紫微出东方，淮海亦来同。
都将书与剑，田间就春农。
仕宦不作邴曼容，醉乡自爱王无功。

爰居从渠致钟鼓，野鹤岂合栖樊笼。

南湖烟景多，鱼鸟亦从容。

亦有两小船，纶竿插船篷。

高亭出秀樾，窗户连青红。

清飙随睡舆，暝色赴吟筇。

门前车马来，日酿日不供。

但苦佳客少，焉知清兴终。

看翁弃瓢诗调戏，鸱夷老子如儿童。

雄吞已觉云梦小，寒缩宁作书生穷。

当年我得奉谈笑，昼夜肯放清樽空。

东家西家不相从，南海北海不相逢。

风流耆旧今谁似？惆怅相看是画中。

太室同希颜赋

壮矣嵩维岳，盘盘上窈冥。

中天瞻巨镇，元气有遗形。

雨入秦川黑，云开楚岫青。

鳌掀一柱在，万古压坤灵。

送登封张令西上

罢县人称屈，悠悠复此行。
渭城秋雁到，秦岭暮云平。
道路衣从典，风尘剑已鸣。
山西多侠客，莫说是书生。

少室南原

地僻人烟断，山深鸟语哗。
清溪鸣石齿，暖日长藤芽。
绿映高低树，红迷远近花。
林间见鸡犬，直拟是仙家。

少林雨中

西堂三日雨，气节变萧森。
偃卧复敧卧，长吟时短吟。
钟鱼四山静，松竹一灯深。
重羡禅栖客，都无尘虑侵。

秋怀

嵩山中作

凉叶萧萧散雨声，虚堂淅淅掩霜清。
黄华自与西风约，白发先从远客生。
吟仰候虫秋更苦，梦和寒鹊夜频惊。
何时石岭关头路，一望家山眼暂明。

仆射陂醉归即事

多生曾得江湖乐，每见陂塘觉眼明。
诗酒共寻前日约，风阴新自夜来晴。
青波澹澹沙鸟没，野色荒荒烟树平。
醉踏扁舟浩歌起，不须红袖出重城。

是日招乐府不至。

楚汉战处

同钦叔赋

凉叶萧萧散雨声，虚堂淅淅掩霜清。
黄华自与西风约，白发先从远客生。
吟仰候虫秋更苦，梦和寒鹊夜频惊。
何时石岭关头路，一望家山眼暂明。

郑州上致政贾右丞相公

时被命就公访先朝逸事

黄阁归来履舄轻，天将五福畀康宁。
四朝人物推耆旧，万古清风在典刑。
郑圃亦能知有道，汉庭久欲访遗经。
帝城此后瞻依近，长傍弧南候极星。

会善寺

白塔沉沉插翠微，魏家宫阙此余基。
人生富贵有遗恨，世事废兴无了期。
胜概只今归鹫领，烟花从昔绕龙墀。
长松想是前朝物，及见诸孙赋黍离。

望嵩少二首

崧少飞来昆阆山，山家茅屋翠微间，
鸡豚乡社相劳苦，花木禅房时往还。
结习尚余三宿恋，残年多负半生闲。
长河一苇人千里，望断西城碧玉环。

饮鹤池边万木稠，养龙崖上五峰秋。
藤垂绝壁云添润，涧落哀湍雪共流。
田父占年惊玉旆，诗仙留迹叹昆丘。
西风落日山阳道，空对红尘忆旧游。

饮鹤池在缑山，养龙崖在五乳峰下。

同希颜、钦叔玉华谷分韵得军华二字二首

并山一径入秋云，草树低迷劣可分。

开道无烦谢康乐，挽强须得李将军。

时有虎害，故戏云。

深山水木湛清华，兴到穷探亦未涯。

转石犹能起雷雨，题诗自合动烟霞。

转石，当日事。

同希颜、钦叔玉华谷还会善寺二首

高风卷尽四山云，泉石烟霞得细分。

大是山灵设清供，惜无佳句答殷勤。

诗翁彻骨爱烟霞，别似刘君住玉华。

铁笛不曾从二草，头巾久已挂三花。

赵隐芝子端同年进士，令任城，为猾吏所诬，遂隐居。今年八十余，自言胎仙已成，不久去世云。

超化

秋风袅袅入僧窗，尽得诸山草木香。

却恨大梁三日醉，不来超化作重阳。

又云：“拟借扁舟弄秋水，自嫌尘土涴沙鸥。”余不记。

启母石

书载涂山世共知，谁传顽石使人疑。

可怜少室老突兀，也被人呼作阿姨。

水调歌头

一

少室玉华谷月夕，与希颜、钦叔饮，醉中赋此。玉华诗老、宋洛阳耆英刘几伯寿也。刘有二侍妾，名萱草、芳草，吹笛。石城、琼壁，少室山三十六峰之名也。

山家酿初熟，取醉不论钱。清溪留饮三日，鱼鸟亦欣然。见说玉华诗老，袖有忘忧萱草，牛背稳于船。铁笛久埋没，雅曲竟谁传。　坐苍苔，攲乱石，耿无眠。长松夜半悲啸，笙鹤下遥天。天上金堂玉室，地下石城琼壁，别有一山川。把酒问明月，今夕是何年？

二

兴定庚辰六月望，予与河南元好问、赵郡李献能同游玉华谷。将历嵩前诸刹，因过少姨祠。遂周行廊庑，得古仙人祠壁间。然其首章直屋漏雨为所漫剥，殆不能辨。磴木石而上，拂尘淬涤，迫视者久之，始可完读。观其体则《柏梁》，事则始终二汉，字画在钟王之间。东井又元鼎所都，幽州必贤子虞也。夫眷眷不忘幽州者，非吾田畴尚谁欤？曰复所事之仇，却曹瞒之赏，衰俗波荡中挺挺有烈丈夫语气。其死而不亡盖无疑，其能道此语亦无疑。观者不当以文体古今之变而疑仙语也。仙山灵岳，宜有闳衍博大真人往来其间，而世人莫之识也。予三人乃今见之，夫岂偶然哉！再拜留迹，以附知音者之末云。浑源雷渊题。

附《仙人词》：“梦入云山宫阙幽，鸞鸞同侣驾凤流，桂月竟夜光不收。世俗扰扰成嚣湫，醉飞星驭鞭金虬，八仙浪迹追真游。龟玉筌蹄四十秋，摩霄注壑须人求，觅剑如或笑刻舟。阳燧非无鹿里俦，元鼎以来虚昆丘，东井徒劳冠带修。松餐竹饮度蜃楼，嵩顶坐笑垂直钩，祇应惭愧刘幽州。”

云山有宫阙，浩荡玉华秋。何年鸞鸞同侣，清梦入真游。细看诗中元鼎，似道区区东井，冠带事昆丘。坏壁涴风雨，醉墨失蛟虬。　问诗仙，缘底事，愧幽州。知音定在何许，此语为谁留。世外青天明月，世上红尘白日，我亦厌嚣湫。一笑拂衣去，嵩顶坐垂钩。

三

赋德新王丈玉溪，溪在嵩前费庄，两山绝胜处也。

空蒙玉华晓，萧洒石淙秋。崧高大有佳处，元在玉溪头。翠壁丹崖千丈，古木寒藤两岸，村落带林丘。今日好风色，可以放吾舟。　　百年来，算惟有，此翁游。山川邂逅佳客，猿鸟亦相留。父老鸡豚乡社，儿女篮舆竹几，来往亦风流。万事已华发，吾道付沧洲。

四

汜水故城登赋

牛羊散平楚，落日汉家营。龙拏虎掷何处，野蔓罥荒城。遥想朱旗西，指万里风云奔走，惨澹五年兵。天地入鞭捶，毛发凛威灵。　　一千年，成皋路，几人经。长河浩浩东注，不尽古今情。谁谓麻池小竖，偶解东门长啸，取次论韩彭。慷慨一樽酒，胸次若为平。

满江红

嵩山中作

天上飞乌，问谁遣、东生西没？明镜里、朝为青鬓，暮为华发。弱水蓬莱三万里，梦魂不到金银阙。更几人、能有谢家山，飞仙骨。　　山鸟哢，林花发。玉杯冷，秋云滑。彭殇共一醉，不争毫末。鞭石何年沧海过，三山只是樽中物。暂放教、老子据胡床，邀明月。

摸鱼儿

正月二十七日，予与希颜陪冯内翰丈游龙母潭。韩吏部钓于龙潭遇雷事，见天封题名，即此地也。既归，宿于近潭田舍翁家。是夜，雷雨大作，望潭中火光如烛。明日，旁近言龙起大槐中。父老云：“正月龙起，前此未见也。”龙潭寺南洼尊，冯丈所名。

笑青山、不解留客，林丘夜半掀举。萧萧暮景千山雪，银箭忽传飞雨。还记否？又恐似、龙潭垂钓风雷怒。山神良苦，料只为三年，长安道上，来与浣尘土。

清阴渡，渺渺风烟杖屦。名山元有佳处。山僧乞，我溪南地，十里瘦藤高树。私自语，更须问、洼尊此日谁宾主？朝来暮去。紫山鸟山花，前歌后舞，从我醉乡路。

洞仙歌

超化蘸碧轩，得钦叔书，有相调之语。因代书以寄。寺有长明灯龛，即所见而言。

青钱白璧，自买愁肠绕。更恨欢狂负年少。记阳关图上、尊酒留连，儿女泪，输与闲人坐钓。　茂陵多病后，懒尽琴心，无复求凰与同调。似清风古殿，风动幡摇晴昼永、惟有龛灯静照。看胡蝶飞来澹无情，问墙角戎葵，为谁凝笑。

江月晃重山

初到嵩山时作

塞上秋风鼓角，城头落日旌旗。少年鞍马适相宜。从军乐，莫问所从谁。

候骑才通蓟北，先声已动辽西。归期犹及柳依依。春闺月，红袖不须啼。

江城子

嵩山中作

众人皆醉屈原醒。笑刘伶，酒为名。不道刘伶、久已笑螟蛉。死葬糟邱殊不恶，缘底事，赴清泠。　　醉乡千古一升平。物忘情，我忘形。相去羲皇、不到一牛鸣。若见三闾凭寄语，尊有酒，可同倾。

清平乐

游少室清微宫雪溪

溪头来去，坐卧沿溪树。管甚人间无着处，已被白云留住。　　生平不置肝肠，只今物我都忘。说与山中鱼鸟，相亲相近何妨。

元

杨奂

耶律楚才

段成己

王恽

袁桷

卢挚

汪元量

程矩夫

蒲道源

吴全节

郑棐

范梈

周权

吴师道

李孝光

王沂

梁宜

李允中

许有壬

成廷珪

童童

周伯琦

蒲理翰

张昱

胡奎

陈基

汪广洋

释宗泐

熊鼎

盛景年

林弼

谢肃

殷奎

史公贤

史铜

崔伯渊

孟同

释寥一

李誠

杨奂

游嵩山十三首

轘辕坂

盘盘十二曲，石岭瘦峥嵘。
脚底有平地，何人险处行。

太室

茂陵骨已朽，万岁恐虚传。
莫上中峰顶，秦城隔暮烟。

少室

方若植嵬冠，森若削寒玉。
明月夜中游，谁家借黄鹄。

启母石

顽石本在世，启母人亦知。
可怜宋太后，死骂宁馨儿。

少姨庙

路傍双阙老，蔓草入荒祠。
时见山家女，烧香乞茧丝。

卢岩

避名名自在，身瘠道还腴。
未到千年后，空岩已姓卢。

龙潭

壮哉昌黎笔，谈笑排佛祸。
不言动鬼神，翻疑触雷火。

五渡水

几时落东溪，曲折卧天汉。
语似登山人，可饮不可盥。

测影台

一片开元石，愈知天地中。
今宵北窗梦，或可见周公。

箕山

土阶堕渺茫，多少曹与马。
底事住青山，近代无让者。

颍水

邂逅洗耳翁，去饮上流水。
此日倘相逢，黄犊应渴死。

卓锡泉

大士传心要，诸方叩道玄。
至今卓锡地，莹彻有遗泉。

巢翁冢

既知田间乐，焉知田间苦。
惟是唐虞朝，所以有巢父。

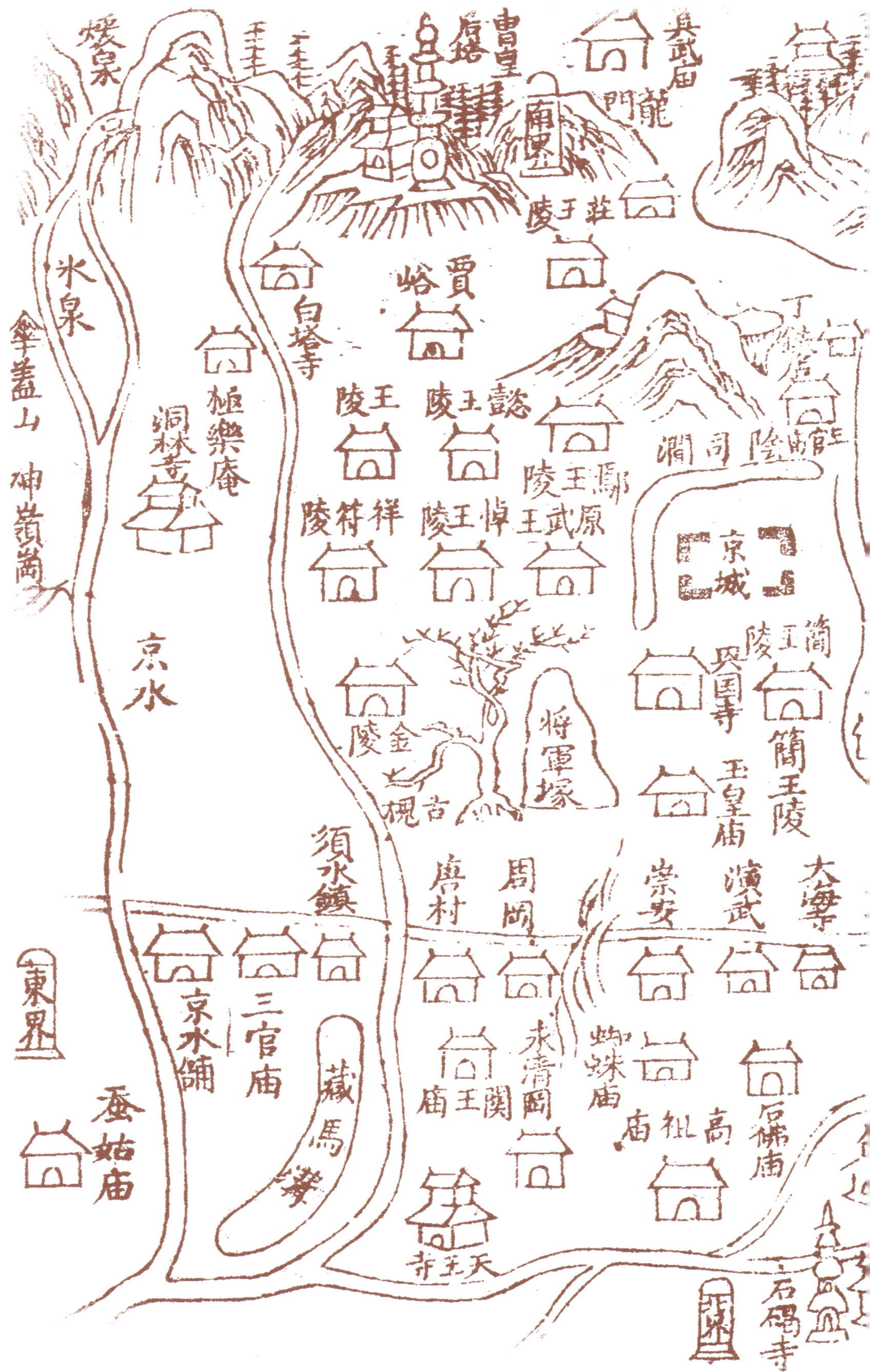

《荥阳县志》[清康熙十七年（1678 年）] 治图

耶律楚才

和少林和尚英粹中山堂诗韵

我爱嵩山堂，山堂秋寂寂。
苍烟自摇荡，白云风出入。
泠泠溪水寒，细细琴丝湿。
离尘欲无事，又有闲踪迹。

段成己

嵩阳归隐图

落落出世人，视世犹糠秕。
独惟爱山缘，一念未渠已。
尝行嵩阳道，经靓略可纪。
有山皆孱顽，有水尽清泚。
寒藤络古木，奇花间芳枳。
风从四山下，红绿乱纷委。
云日互蔽亏，百态呈怪诡。
微泉不知处，丛荟鸣宫徵。
山鸟忽惊飞，落花空岩里。
静闻鸡犬声，人家应在迩。
百年能几日，山间有余晷。

孰知桃花源，不出武陵水。
回首视人间，嚣嚣足尘滓。
便拟结椽茆，匆匆迫行李。
一来汾沮洳，留滞绵几祀。
幽怀渺难忘，淡墨寄形似。
旧游一经眼，来往差可喜。
此心本无著，天岂为物使。
昔何从而来，今从何而止。
翛然来往间，于是得之子。
幻影竟安用，我亦聊尔耳。
一笑两忘言，庭花萎阶阤。

王恽

望嵩吟

至元丙戌长至日追作廿韵

神岁试洛师，忆与节斋约。
同作嵩少游，心赏为一豁。
羸骖鞭欲前，竟为事所却。
宛循洛水东，马首眺阴壑。
洪蒙元气涌，磊落雷雨恶。
不有此峻极，安得雄四岳。
只缘不得登，万象负酬酢。

诸峰罗六六，景气终惨错。
披榛入会灵，吟倚废宫角。
陈公最健者，帅可三军夺。
空余坠仙兴，飞堕迷岭崿。
归寻黑石渡，易驲指巩洛。
行行叹不勇，失此宁复作。
吾侪贵乘时，过虑自羁靮。
至今有余恨，梦绕神嵩脚。
盘空转危嶝，矫首看飞阁。
探穴不知畏，入室不挽葛。
兹焉即神清，洞户四开阔。
山人喜余至，供具为止泊。
会凌列宿岭，一笑动寥廓。

虎牢关行

至元二年夏六月，予与总管陈庆甫考试洛阳，东还汴京，道出其下。

巩原北望河洛郊，嵩邙东走脊尾高。
忆初洪水势方割，汤汤北汇深渊壕。
千年水去两崖出，天险东扼开成皋。
中原失鹿在所逐，河山战气秋萧瑟。
当年刘项尽勍敌，阮生犹为叹非豪。
窦王犄角更可笑，如蛾赴燎其能逃。
秋烟古戍深黄蒿，狐狸夜上关头嗥。
空余千古荒城路，输与行人说尔曹。

汜水行

五季权在兵，逆顺系财贿。

同光当宁能几朝，牝鸡司晨倾内外。

添都买宴物山积，尽入掖庭充内费。

君王政荒优宦狎，将相无辜恣诛杀。

蜀资百万贼所缴，纵有其能供近渴。

一夫夜呼汜水东，绛霄楼头兵反攻。

雍陵竟堕所好死，英武杳逐仙音空。

先皇有识若相问，三矢虽还未克终。

过仁宗陵

道出黑石渡，同宣慰陈庆甫游仁宗陵。后宋人曾有诗云："干戈销弭岁年登，边将无功吏不能。四十三年那忍说，暗垂双泪过昭陵。"见朱晦翁《语录》。

猗兰被路柏围城，此日秋禾满废城。

伊洛水南嵩少后，丙年六月记来曾。

袁桷

送张荥泽

敛板荥阳县，栽花接早春。
水新鱼子散，雪释马蹄匀。
政可笺河伯，何须咏洛神。
桑田今几许，除籍补疲民。

卢挚

少林寺赠达禅师

是日得至面壁庵，观达摩石影。

古刹东风里，逢僧一解颜。
收经出深竹，披衲下空山。
未要天花堕，聊看石影闲。
何妨病居士，明日到田间。

汪元量

少室山

岩岩路径入空濛，中有幽人旧日宫。
野草败垣供暮雨，断碑古木管秋风。
山川融结千年秀，天地包笼一世雄。
从此不须高索价，高名过眼总飘蓬。

嵩山

客行天地中，嵩峰何突兀。
鸟道阻且修，马烦行复歇。
一入玉女窗，便觉幽兴发。
好鸟鸣嘤嘤，细草乱如发。
石城荫青松，琼壁白喷雪。
中有神圣居，飞甍半摧折。
宝绘翳苔莓，古碑字亦灭。
莫辩千载事，焉能踏仙辙。
徒有感慨怀，脉脉泪不绝。
行行太室峰，秋声若鸣镝。
流目瞩崎岖，蓬莱应咫尺。
上有神仙区，下有穆王宅。
徘徊复徘徊，泫然感畴昔。
八骏不重来，秋山空月白。
安得会璆韶，共作瑶池客。

程矩夫

板桥午食

县郭二十里，板桥三五家。
西风熟禾黍，陆地富桑麻。
去岁遭洪水，高林带旧槎。
他乡岂不好，无奈此生涯。

蒲道源

送荥泽张县令

人说张明府，胸襟自八窗。
脱身曹史局，试手子男邦。
乐易民情悦，公廉物议降。
会闻荥泽政，前后号无双。

题郑州卿友于亭

一家雍睦祖传孙，和气薰陶薄俗敦。
可道乡氓息争产，忍持讼牒过君门。
乔木枝多一本根，春风三世蔚然存。
无庸专美张公艺，百忍争如孝友恩。

吴全节

中岳投龙简并序

皇庆二年岁在癸丑四月甲子，诏玄教太宗师张留孙醮大长春宫，弭星芒，祷雨泽也。圣天子敬天爱民，一诚之发，其答如响。礼成，命玄教嗣师真人吴全节、正议大夫太常卿李允中，奉金龙玉节，投诸嵩洞。入山之初，一雨遄霁。藏蒇之际，轻阴护凉。咸谓使命必当有纪。谨赋五言诗一章，以彰圣治云。

阳城天地中，坤灵奠神岳。
积翠千层霄，元气远盘礴。
降神生申甫，形势控伊洛。
谽谺虎豹蹲，偃蹇蛟龙跃。
猛士横戈矛，奇阵出帏幄。
簇簇罗旌旗，巍巍耸台阁。
玉镜为谁开，金柜为谁钥。
远近列画图，周遭峙郛郭。
万状不可名，起伏互连络。
皇皇圣帝居，历代重封爵。
老柏浮苍烟，古殿蚀丹雘。
天朝混华夏，秩礼特优渥。
皇庆二载春，宵旰轸民瘼。
有旨醮长春，玉简命新琢。
诏臣走登封，香币致虔恪。
邃洞藏宝符，琼音降笙鹤。
三呼今复闻，祥风度天乐。
小臣奉明祀，三使陟云崿。
箕山胜可家，颍水清可濯。
遐想饮牛人，高风动寥廓。

赐玦知何时，分我云半壑。

歌诗勒嵩珉，用赞圣人作。

郑棐

嵩山

一重山隔一重云，一涧花藏一涧春。

泉石任渠轻俗客，烟霞元自重高人。

指开松影杖头湿，踏破苔痕屐齿新。

笑我青山未归老，萧萧鞭马软红尘。

范梈

卢鸿

在昔有志士，隐居嵩高峰。

行义桀四海，矫若人中龙。

天子念治具，诏书访孤踪。

既来亦竟往，去就何从容。

架岩结茅堂，虚砌靡芜封。

身虽草土间，道为世所宗。
攀磴采石华，引手接云松。
朗揖谢污渎，长笑紫烟重。
不能谐圣君，岂徒愧万钟。
安得起斯人，千载已相从。

周权

纪信叹

沛中龙奋磋砀云，咸阳楚炬三月焚。
两雄角起鹿在野，三户有楚无强秦。
貔貅百万纷如雪，戈矛尽染英雄血。
旗旌晓蔽天河云，兵尘夜暗中原月。
荥阳数载战不休，重围食尽汉亦忧。
将军诈帝出降楚，脱帝虎口真良筹。
无何诸将已平楚，事定论功裂茅土。
独无旌美到将军，不得褒名纪盟府。
男儿死节志已酬，瞑目地下夫何求。
吁嗟功怨俱悠悠，汉廷雍齿还封侯。

索水
八蜡庙
山川壇
玉仙庙
觀音寺
修城記
紀公祠
申明亭
旌善亭
步青巷
東門
布政司
東察院
文廟
東嶽廟
大海寺
邑厲壇
署

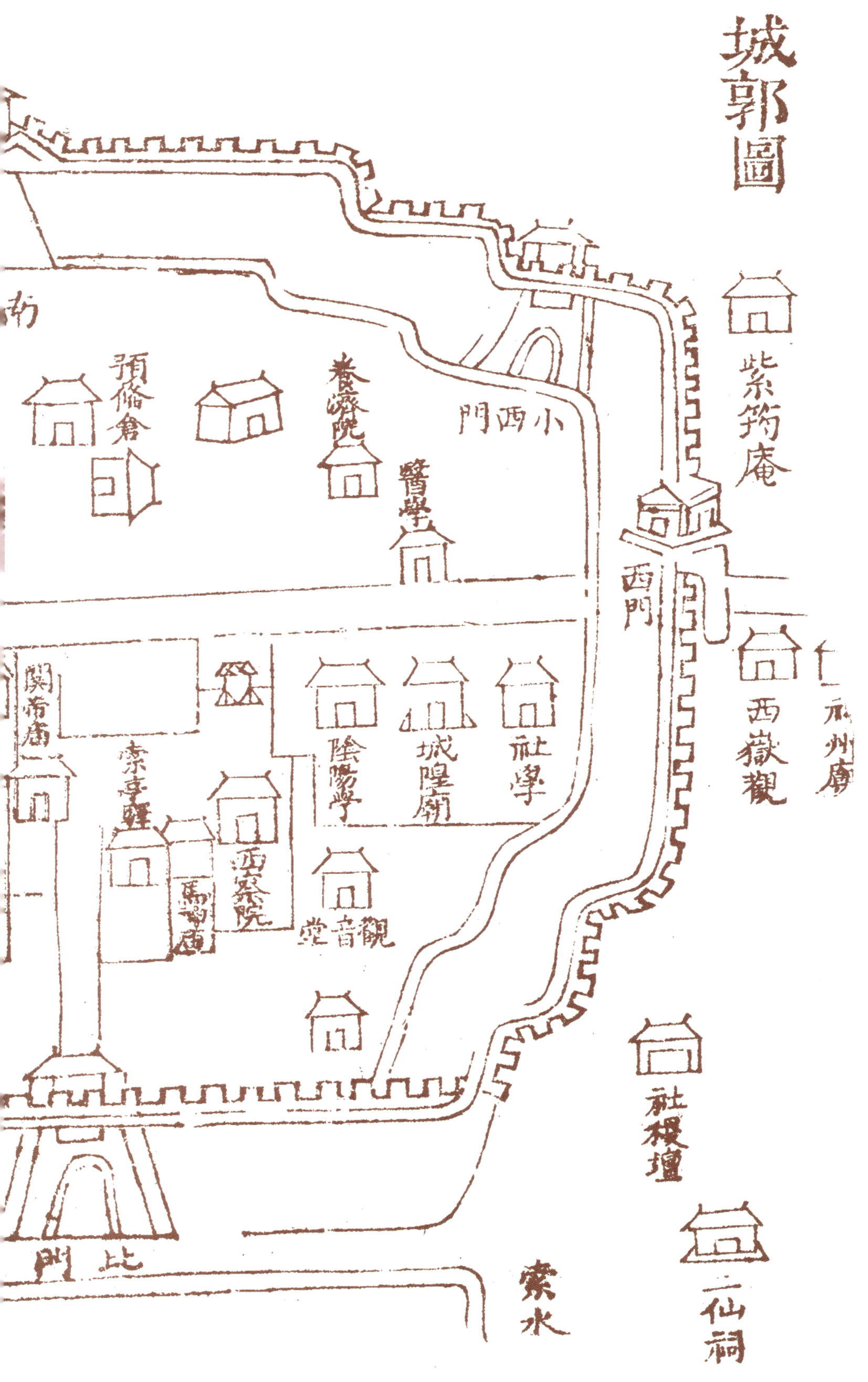

《荥阳县志》[清康熙十七年（1678年）]城郭图

吴师道

寄题纪信庙

貌齐隆准伏危机，办为君王解急围。
楚炬无情燎黄屋，晋城有土瘗遗衣。
功名不与山河誓，义烈终同日月辉。
新庙落成牲醴盛，千年魂魄想依依。

李孝光

箕山为许生作

箕之阳兮其木飋飋，箕之冢兮白云幽幽。
彼世之人兮，孰能遗我以忧。
虽欲从我，其路无由。
朝有人兮，来饮其牛。

王沂

虎牢关

孤云两角如划布，中有长天悬疋素。
关头一上眼豁开，汉殿秦宫皆可数。
太行之青遗块小，下视黄流一丝袅。
乾坤胜概无古今，一笑英雄如过鸟。
长谣我欲问真宰，世事茫茫几成败。
君不见三分书里说虎牢，曾使战骨如山高。

虎牢关

双崖突兀引羊肠，仰望遥空疋素长。
今古太行青历历，乾坤元气白茫茫。
英雄底用争天险，真宰那知阙后防。
回首三分书里事，区区缚虎笑刘郎。

巩县道中用文野送别韵

秣马芝田日又遒，扶鞍吊古且迟留。
残陵衰草寒云际，故垒斜阳野水头。
千古徒争两蜗角，百年能费几狐裘。
道旁翁仲应相问，又是邙山第几秋。

梁宜

游法王寺呈学公长老

坡巘宽围箕掌圆，峰峦高倚翠屏鲜。
偶迷樵迹愁无人，忽得禅关喜有缘。
漱石溪泉戛环珮，随崖蹬路缠蜿蜒。
最怜崇塔如迎客，云外亭亭出碧巅。

游法王寺，偶观殿壁冯内翰叔献、雷御史希颜、张伯英、伯玉昆仲及诸名胜留题和韵，辄不自揆，勉赓前押

堂廊分级趁崖高，栋接楹联互轕胶。
若就岑楼观寸木，连云厦劣盖头茅。
积山曾藉细尘高，可道澄河小寸胶。
自愧秾华久昏昧，今朝赖拔塞心茅。

李允中

奉祀嵩岳夜宿少林寺

葱岭当时遇宋云，手提只履果何因。
入山便得安心法，立雪能来断臂人。
锡卓一泓云浸影，花开五叶地生春。
无劳照石瞻遗像，满目青山是法身。

面壁石影像

长江折苇渡如神，梁武何曾识异人。
一日棺中忘只履，万年石上现全身。
功成面壁禅心苦，法后传衣佛眼真。
非我有缘游五乳，谁能廓达悟微尘。

许有壬

题郑州霍彬卿遁斋

诸君谈易极玄微，老子惟知遁是归。
兄弟在官吾亦贵，田园成趣岁无饥。
逃空已分讥迂僻，充隐由来有是非。
莫讶题诗人未去，白头万事已忘机。

成廷珪

闻中原河决盗起有感

中原九月黄河水，平陆鱼龙吹浪起。
飞霜萧萧鸿雁来，禾黍漂流桑枣死。
大风怒号扬飞尘，白昼剽掠如无人。
官军不诛海东贼，县吏乃杀西村民。
夜闻羽书起丁力，老稚嗷嗷向谁泣。
我当六十将奈何，扶杖淮南望淮北。

童童

代祀嵩岳夜宿少林

西来碧眼一胡僧，曾渡寒芦隐少林。
半夜传衣逢断臂，当年面壁悟安心。
一庭雪积山犹在，五叶花开月未沉。
奉命颁香瞻只履，菩提树底得幽寻。

荥阳古槐

龙蟠天矫兴雷雨，虎踞离奇隐鬼神。

隆准千年成蚁梦，空余古树老荥滨。

集贤侍读学士、中奉大夫童童驰驿之河南，道经荥邑，睹路旁汉朝老槐，感而赋此。时皇庆元年十一月十九日也。

周伯琦

巩县

古敖仓也

红陈百万积敖仓，表里山河号富强。

海漕于今归上国，萧然小县类山庄。

北邙望洛中作

北邙障黄河，隆然更迢递。

曲如屏千叠，远若城万雉。

河水昆仑来，奔猛沸铁骑。

靡然循其隈，岂敢妄啮噬。

嵩高倚天外，缑岭耸云际。

虎牢相钩连，要束犬牙制。

温洛荡其膺，造化清淑萃。

居然天地中，大哉此形执。

危级困登跻，仆痛马欲蹩。
曾颠亘平陆，桑粟富樹艺。
小屋闲荒冢，累累不可计。
我来二月初，一雨净埃曀。
壮观惬夙闻，四表得遥睇。
奠鼎考龟食，金汤遗来世。
智识或霄壤，捐大掇其细。
裴回千载思，下山复小愒。

宋陵

杏花堆白菜花黄，蔓草平沙四野荒。
洛水无声山日暮，石麟两两守空冈。

奉先桥畔政和碑，种麦人家护棘篱。
绝胜望潮亭下路，浮图积雪浙江湄。

隔岸青山拱墓门，鹃啼狐舞欲消魂。
邻人时见长蛇护，千载山灵念旧恩。

北邙望洛中作

北邙障黄河，隆然更迢递。
曲如屏千叠，远若城万雉。
河水昆仑来，奔猛沸铁骑。
靡然循其隈，岂敢逞啮噬。
嵩高倚天外，缑岭耸云际。
虎牢相钩连，要束犬牙制。
温洛荡其膺，造化清淑萃。
居然天地中，大哉此形埶。
危级困登跻，仆痛马欲踶。
曾巅更平陆，桑粟富树艺。
小屋间荒冢，累累不可计。
我来二月初，一雨净埃曀。
壮观惬夙闻，四表得遥睇。
奠鼎老龟食，金汤遗来世。
智识或霄壤，捐大得其细。
裴回千载思，下山复小愒。

虎牢关

黄河南岸虎牢关，百尺天梯跬步艰。
楚汉雌雄如反掌，旧闻历历鬓毛班。

鸿沟

鸿沟一线界荥阳，京索相望古战场。
水德久归三尺剑，子房未必解兴王。

蒲理翰

游嵩岳二首

嵩岳岩前铁作桥，重楼朱宇隐层霄。
道人步月拾瑶草，童子倚云吹玉箫。
春满石坛迟昼景，龙藏金鼎长丹苗。
莕封少室山前路，何许高人索价饶。

名山到处驻征騑，来访幽栖杜德机。
云盖浮丘千岁井，烟笼玉女五铢衣。
唐碑犹有丹砂颂，汉室全无青鸟飞。
风卷长松清啸发，珮环声响九天微。

中岳投龙简

自喜华巅预此行，远赍纶旨告功成。

典谟会与唐虞并，文武更祈申甫生。

人意达时天意合，金龙投处蛰龙惊。

归途岩壑清风响，疑是当年万岁声。

张昱

鸿沟

天命何曾分楚汉，自将南北限鸿沟。

当时应恨乌江水，不与君王照白头。

胡奎

和嵩岳行

吾闻三十六峰青嶙峋，仙翁价重连城珍。
金堂石室不可到，紫芝瑶草长清新。
自笑青春探灵秘，望断蓬莱五云气。
不是丹丘紫凤凰，按图空想千年瑞。
使君看山双眼青，题诗曾寄山之灵。
吹笙每招王子晋，采药或遇安期生。
锦袍旧是龙门客，不怕山灵夜呵责。
有时笑接浮丘公，有时吹笙坐盘石。
醉骑黄鹄登天门，濯足银河清绝群。
鸿龙玉狗森左右，大叫阊阖排青云。
紫皇授以瑶台月，照见迎风玉壶雪。
鹤梦寥寥蕙帐空，幡然又与烟霞别。
黄河一千年一清，六龙在天当圣明。
河阳种得花满树，谁能解此春风情。
明当高附垂云翼，直上榑桑望朝日。
肯信东方有小儿，三偷阿母蟠桃实。

陈基

永昌陵

洛水南来近，嵩高北望遥。
墓无群木拱，山罢百灵朝。
玉碗人间出，金镫地下销。
夕阳於越路，烟草更萧萧。

虎牢关

匹马东归客，崎岖过虎牢。
地分周郑险，天入宋梁高。
俯视泥无辙，前驱辖载膏。
殷勤关下吏，相送出城皋。

河阴

萧条城郭河阴县，泝水乘船似泛槎。
峭壁有人居洞穴，平川无土种桑麻。
满天急雨寒欺客，捲地长风夜走沙。
回首太行山下路，岂无骐骥困盐车。

昨夜关河风雨横，今朝凉思飒成秋。
沙头浪涌千堆雪，山顶人牵百丈舟。

愿与王遵同叱驭，不随庾亮谩登楼。

君看平地风波恶，积石犹应是稳流。

虎牢关

连山回抱郁嵚崟，百战英雄不可寻。

西极河流行地远，中州风气入关深。

逢时岂乏留侯策，事主难忘纪信心。

千载虎牢形胜地，凭高回首一长吟。

洛口

今朝掇棹清河口，却上高丘望孟津。

多情芳草似南国，满目好山如故人。

文媿陆机还入洛，才非范叔漫游秦。

袖中独有河清颂，莫惜吹嘘上紫宸。

法王寺

白云相送度高冈，行尽松声到上方。

山掩地灵秋寂寂，天开岳色晓苍苍。

石根药采菖蒲秀，林下经翻贝页香。

乞取龙溪泉一勺，仰嵩堂上礼空王。

崇福宫

西风吹老碧天秋，散策寻真处处游。

太室山前逢启母，少姨峰下候浮丘。

穿林云逐丹光起，出洞泉和药气流。

白发祠官谈往事，夕阳西玄水悠悠。

承天宫

四面云开翡翠屏，路随飞鸟入青冥。

巢由隐去山增秀，申甫生时岳降灵。

露采松花秋作酿，风翻蕊笈夜谈经。

何当结屋苍崖曲，手种菖蒲九节青。

轘辕

远游重到洛阳城，又向登封道上行。

路入轘辕秋更险，云收太室雨初晴。

千重灌木漫山碧，百道飞泉绕涧鸣。

欲访巢由渺何许，空余颍水照人清。

嵩高

厚德巍巍镇土中，一元磅礴气鸿濛。
灵云作雨秋归硐，列嶂朝真晓映空。
利泽四时周品物，精英千古胤贞忠。
重寻汉武登封处，御道西风有路通。

中牟

客路茫茫日易晡，白沙衰草下饥乌。
为询今日中牟令，曾有飞蝗入境无。

汪广洋

望嵩山

巩洛纵游观，嵩山势郁盘。
三呼开澒洞，四岳壮维翰。
松偃彤霞古，云凝紫盖团。
应当作霖雨，沾足救时难。

过河阴观楚汉遗垒

鸿沟在县南，接汜水，东有楚城，西有汉城。

广武山前望虎牢，淡烟衰草没城皋。
鸿沟岂限长江险，楚垒何如汉壁高。
此日登临悲鸟道，当时南北混鲸涛。
河阴老树森幢盖，犹似銮舆驻白旄。

过虎牢关

衮衮河流隔太行，盘盘关路接荥阳。
曹瞒已去温侯死，赢得悲歌古战场。

释宗泐

过虎牢关

入关登峻阪，出谷见黄河。
客路车行窄，人家穴处多。
洛阳当胜概，嵩岳近嵯峨。
千古兴亡恨，临风一浩歌。

熊鼎

鸿沟

百二秦关弃若遗，一沟何足系安危。

要知刘项兴王迹，只在鸿门舞剑时。

盛景年

巩县令益坚斋

君子乐天命，居官不厌贫。

但将心似铁，宁恤甑生尘。

松茂雪霜际，鸡鸣风雨辰。

勉旃刚毅志，无得愧前人。

林弼

赠少林寺松亭长老

少林禅伯旧松亭，闻说巢云个个青。
一榻秋声风度岭，半空凉影月临扃。
雨花飞处苍龙蛰，贝叶翻时白鹤惊。
何日从师游胜境，共餐玉粒驻长龄。

谢肃

河阴渡

朝发武陟城，夕宿河阴渡。
平原郁苍苍，蔓草已多露。
展我素氍毹，偃息并厓树。
洪涛与风会，砉若迅雷怒。
揆余江海士，止逝随所遇。
一苇苟可航，济险亦奚惧。
所念形影单，恒饥在长路。
中田岂无稼，不受一饭顾。
引领望故乡，已复星汉曙。
宣尼川上叹，使我获深晤。

荥阳

济水出王屋，既伏仍流行。

大河不能限，东南溢为荥。

荥阳古虢邑，鼎峙京索城。

虎牢足形胜，河汴扬濯清。

晋楚既迭霸，刘项复兵争。

成皋口宜守，敖仓粟方盈。

创业虽足赖，匪德何由成。

东都绍炎祚，不席地势兴。

山川失险阻，天地载清宁。

昭代御宇内，兹土丽神京。

人民日已众，击壤歌隆平。

焉知客游士，念此愧深情。

愿为东飞鹤，一举还蓬瀛。

题等慈、嵩岳云青山白云图

昔游河朔还，历览河南山。

山峰峥嵘三十六，峻极中天是嵩岳。

嵩岳之高出昆仑，衡恒岱华咸归尊。

下临豫野雄地势，上应镇宿昭天文。

太室辟其东，半夜倒瞰沧海日。

少室辟其西，萧晨俯挂青萝月。

风台雾阁何岧峣，翠崖丹谷堪逍遥。

王子凤笙吹绝岭，焦师霓裳翻绛霄。

便欲飞车往栖息，笑倚天门观八极。
闲云来往作宾朋，彼此无心自相得。
惜哉此愿未果从，徒看云山落画中。
山青云白倏远近，似闻兰若来疏钟。
八十禅公双目炯，一瞬云山皆幻境。
不须只尺论万里，寸心要与天地并。
重曰：山有岳兮岳有云，云为雨兮泽无垠，云不为雨兮舒卷向乾坤。
禅公出处亦如此，浩劫不隳名实存。

广武山

青山钩带连嶅鄗，想像仓中米粟盈。
汴水尚通高帝甬，河澜空激霸王城。
万年南北横天险，今日封疆属帝京。
海内英雄都驾驭，不教竖子得成名。

硊子城南眺广武山川

万叠雄峰翠错摩，烽楼粉堞俯长萝。
振衣不尽登临意，对酒聊为慨慷歌。
亹亹云山连四塞，离离原黍带三河。
最怜汉楚中分地，浩荡鸿沟涨渌波。

殷奎

郑州城外望密县诸山作

郑州西南数峰青，出门见之车为停。
濠梁至此千馀里，醉眼今朝方始醒。

虎牢关

虎牢天下险，陒塞矜创见。
古今讬形势，南北重喉咽。
悬崖削千仞，只轮通一线。
何物狡狯儿，平地产怪变。
能令晋楚争，解使刘项战。
至今汜水波，呜咽犹含怨。
我来千载下，驻足一吊唁。
何当铲岩崿，夷岨就平衍。
销兵铸耕锄，寸寸人得畋。
四海垣不虞，奸雄尔奚擅。

巩县谒宋诸陵

奉先桥下水汤汤，俛仰千年一感伤。
陵树无根流夕露，宫花有泪洒秋霜。
青山巩固神犹惨，白塔钱塘恨更长。
圣代方隆中夏统，故应塞北荐馨香。

汜水关上偶题

岩邑区区吝叔封，谁知相爱是相攻。
京虽不度非难克，祭吕何曾识此公。
郑州西门二十里，有京水。

鸿沟

在荥阳、汜水之间，两县分界之处。西去汜水二十里，有界首铺。

广武荥阳战未休，故将局面变鸿沟。
凭谁说与重瞳子，未是天亡肯信不。
广武山在汜水县北，汜水在虎牢关下。六十年前，县为大水所滲，移今治，在旧治南十里。

郑州道中

甫田万顷少耕犁，茂草东西一色齐。
寒日荒荒飞野雉，晚烟漠漠走山麇。

中牟

中牟县里驻归骖，客路情怀尽自谙。
白草黄沙仍渭北，断陂流水已江南。

史公贤

宿少林

巡行偶向山中宿，嵩岳西南少室前。
静爱岭云轻世味，暂随僧饭绝荤膻。
松风萧飒来疏雨，翠障空濛起暮烟。
面壁岩头千古月，寒光寂寂解逃禅。

史铜

宿少林

过客东来宿少林，山僧禅榻冷云深。
天风惊觉三生梦，松杪秋声响玉琴。

崔伯渊

少林寺

初祖忽忽东向来，心中已觉五花开。

要知面壁九年意，立雪齐腰心不回。

禅宗一派自西来，五叶花枝从此开。

僧伴白云无个事，香烟朝暮锁青苔。

孟同

嵩山高三十韵

维岳横空阔，灵根自古长。

孤高临上国，厚重压中央。

雨过龙潭黑，风生虎口狂。

崇高封自汉，丹鼎就因唐。

树号将军柏，山呼圣主昌。

真珠晴洒露，瀑布冷喷霜。

几郡游中鼎，诸峰仰上方。

道宫浓霭覆，书院白云藏。

九节菖蒲翠，三花贝叶芳。

许由坟自拱，启母石非常。
更浅逢鸾鹤，虽深绝虎狼。
泉流成五渡，岩秘护三章。
乱眼山禽碧，供厨野蕨香。
御题千尺笋，儒构十三堂。
游客终无倦，居民自不忙。
城周三面等，屏翠四时张。
夕照分罗汉，修篁拥法王。
夜闲闻远籁，天静见扶桑。
正列星辰位，高承日月光。
明霞千树现，垂乳几人尝。
上去樵迷路，飞穿鸟失行。
卖松人下岭，采药叟归庄。
横企来方息，时机住可忘。
影资全庇荫，势远不低昂。
字古书蝌蚪，石奇立凤凰。
发威雷忽震，降福雨时雱。
万壑寒枝直，千崖古藓苍。
穴深留羽客，洞远得琼浆。
绘事图难定，诗家状莫量。
中封应未晚，父老望吾皇。

释寥一

送月上人谒少林隆老

只臂伽黎不作难，将心到处遣人安。
瓶离汴水秋风冷，锡入嵩峰夜月寒。
箧里赠诗经雨晒，囊中施钵对风餐。
心知拟就东林宿，已向林梢荐刹竿。

李誠

成皋怀古

瘦马成皋道阻长，峥嵘冰雪老年光。
九关欲扣狼烟奋，三径将归松菊荒。
嵩少云烟聊驻马，汉唐宫殿两亡羊。
郑南岭下梅花发，千载相思空断肠。

明

谢应芳

李梦阳

李攀龙

董其昌

袁宏道

八蜡廟
演武廳
社稷壇
三官廟
城
潘安仁墓
南壇
潘家莊
蒲廬亭

《中牟县志》[清同治九年（1870年）]关厢图

谢应芳

洪武乙丑秋，新郑县学以通经荐吾孙垲，移文本县，征赴吏部。垲于六经有望洋之叹，且欲辞而不可得。予以孔孟之书列乎九经，垲尝受业，故临别示此数语勖之

猗与古圣贤，遗言存简编。
孝经及论语，孟子书七篇。
载道继六经，煌煌日星悬。
斯文觉斯民，于有五百年。
汝生家辟兵，九经失青毡。
借书二三策，教汝朝暮间。
大哉孔孟学，曾以管窥天。
还乡愿卒业，奈汝多屯邅。
朅来谁荐鹗，通经乃虚传。
往哉诣春官，从寔吐肺肝。
丝麻难菅蒯，博采岂舍旃。
天恩朝惠宽，茅拔茹或连。
立身报君亲，慎勿违圣言。

林在新郑县学，六月公文来取其子视疾，七月初四日垲言别而行，付家信外写此

一闻汝有河鱼疾，三宿心如野马驰。

远阻恨无人缩地，吉占赖有卜言龟。

眵生稠漆粘双眼，身兀枯枝坐有胝。

预写盖棺遗嘱去，好传经业佐明时。

送沈居士同垲往新郑

二千里外视吾儿，重九日前期汝归。

坐卧待看黄菊绽，往来相伴白云飞。

邮亭歇处加餐饭，客路凉时早夹衣。

无限老怀言不尽，临岐目送思依依。

谢新郑县官助葬亡子并以志略送去

去年孟秋初，天旱火云热。

吾孙奔父丧，病眼泪流血。

陆行二千里，踸踔若跛鳖。

归来秋尽时，黄埃满缞绖。

询言父襄事，从头为细说。

一衾覆黔娄，家人影单孑。

丧具百无措，宿储瓶亦竭。

幸逢贤县令，赗赠意切切。

择木制美棺，敦匠夜不辍。

寮寀同哀伤，祭奠丰且洁。

青青诸佩衿，感化重礼节。

是犹风偃草，弘纲赖提挈。

吾知贤令心，高谊等前哲。

无钱及元振，有则与同列。

无麦及尧夫，有则与同辙。

悲哉吾中子，忝教两期月。

眷言古东里，图经自来缺。

编蒲载前言，辛苦磨砚铁。

草创十八九，放笔成永别。

手泽存于家，岁久恐亡灭。

抄书送琴堂，公馀赐披阅。

韫椟庋黉舍，无为酱蒙设。

会有作家手，织锦为补缀。

姓名蝇附骥，九泉应感悦。

矧知埋葬恩，宁无报衔结。

老夫怀谢言，缩地恨无诀。

残喘苟朝莫，乌能见翾蔑。

坐驰仰嵩高，心声吐乌咽。

《荥泽县志》[清乾隆十三年（1748 年）] 惠济长桥图

李梦阳

与殷明府期少林诸山不果十四韵

旅寓限崩迫，骚屑隘烦务。
向来嵩少约，屈指谓旦暮。
岂惟攀时彦，兼欲展秋步。
仆夫戒衣粮，车马亦充数。
胡然泥行迈，遂此叹乖遌。
峨峨云中峰，阻尔独何故。
伫瞻风峤突，侧耳石泉注。
夜来逍遥梦，忽落嵩山树。
累垂松猿嗷，澹沱岩姿露。
存己超彷佛，醒若涉颠遽。
彼美眇何许，兹端怆难屡。
采蕙忌及晚，我疾畏晨露。
烟萝四时佳，春服易为具。
河阳群葩发，振策冀有遇。

郑生山游归，予作此歌

跂予望之六六峰，欲往争奈今严冬。

石林崎岖积雪盛，日中无烟虎豺病。

生也孤往胡所稀，冻攀幽崄探其微。

手皴面黑逾旬归，太室少室何者奇，曾否首阳歌采薇。

北邙逶迤清洛远，天白冰崇伊阙晚。

灞上骑驴尔靡辱，袁安高卧吾应靦。

忽然想生经行宋家陵，往来寂寞东西京，翘首泪下嵩山青。

少林寺

林深谷暝客子入，钟鸣叶落秋山空。

烟云细袅石涧底，峦岫乱积松窗中。

唐碑汉碣藓字剥，虎啼猿啸萝灯红。

独坐悠悠息尘想，少室影下月出东。

望少林寺次韵

三十六峰云气通，何峰寺西何者东。

林岩霜横远亦静，烟岚日破重还空。

千山尽历暮转碧，一树不落秋能红。

渐闻钟声出杳霭，得路谁怜马仆功。

宿少林寺次韵

万山微暝一钟鸣，古寺深秋倦客情。
僧本折芦翻面壁，人非骑鹤故吹笙。
寒催乱木风交响，白动虚岩月自生。
惭愧劳劳不成寐，丁丁卧听早樵声。

送人游嵩山

山行冬亦好，雪后数峰青。
冰底溪元响，杜门松故扃。
燃薪觅石髓，挥镵劚龟苓。
为问三花树，年来几度零。

《荥泽县志》[清乾隆十三年（1748 年）] 鸿沟暮云图

李攀龙

和梁宪使过密咏天仙宫白松三首

是皇帝葬三女处

孤根一托蕊珠宫，不与苔华粉黛同。
夜暗龙鳞衔自照，天清鹤影望来空。
条封姑射千秋雪，盖拥兰台万里风。
非为子云能作赋，谁知玉树本青葱。

轩辕宫里试新妆，缥缈连枝入帝乡。
玉骨不缘能化石，冰肌那得便生香。
只愁明月销为水，更恐清阴凝作霜。
巫峡瑶姬元素质，却令云雨污衣裳。

玉女窗前手自栽，遥分海色向蓬莱。
唯应七圣襄城过，曾见三花少室开。
地迥流光通粉署，天寒老干倚霜台。
悬知的有千年露，欲献须君作赋才。

酬殷卿寄惠达摩渡江图

西来遗影少林传，万里风波一苇前。
今日更因阿堵妙，知君已解祖师禅。

董其昌

送王思延归赴嵩山

遂薄凌烟事，行期面壁僧。

缨沾太行雪，车碾浊河冰。

物态君应见，新知我不能。

惟余嵩洛梦，清夜兴堪乘。

中州凤凰见，为大中丞冯礼亭年丈赠

温洛嵩高天地中，千秋再见凤游空。

直缘干羽修虞典，可但循良溯汉风。

盟府论功铭熟釜，内廷锡宴赋彤弓。

承明著作惭班掾，载笔犹能纪大冯。

袁宏道

壬辰秋日，余与伯修兄俱得请，先后出都门，至郑相及，同宿州署。今相去十五年，伯修厌世亦六年矣。电火惊心，山川触目，因书数语，兼示小修、方平两弟

十五度春秋，沤花转眼休。
含悲上东里，无路避西州。
孤月伤鸿阵，寒云障马头。
对床今夜雨，清泪几行流。

望嵩少二首

客程行尽太行山，又见嵩高紫翠间。
料得有人山上笑，红尘如海没朱颜。

欲从影里问胡僧，车马劳劳谢不能。
纵有洗尘千涧水，夏虫那可叩坚冰。

偕朱非二入少林至初祖洞

宿世同来否，青山记梦登。
云分新坠石，树老旧扶藤。
古藓番文印，胡髭壁影僧。
摩公真狡狯，只履去何曾。

话无言上人方丈

杖子拨秋烟，堂头二十年。

还君半面识，乞我一蠡禅。

石壁分窗看，松风对榻眠。

浮生成泛泛，俱有雪毛悬。

山中逢老衲，少时从征有功者

头发遮眉白，归来五乳峰。

梦中闻虎笑，定起看经慵。

戒铁支为枕，衲衣挂在松。

闲时穿洞壁，欲去缚狞龙。

达摩影石

石影酷似人间所绘初祖像，有大儒欲辟异端，刮其影不能尽，乃止。

禅月罗汉天下绝，螺烟渗石光不灭。

面纹漆黑眼生稜，衲衣袖展秋云洁。

幅巾谈道老先生，以刀割影影愈彻。

如虫蚀木偶成文，镜花岂必生枝节。

中山废圃石如铁，白浪缠身卷飞雪。

移向山中作一盆，飘然乘风苇可折。

登太室绝顶

砾瓦纷纷雨洗斑，嵩峰久矣闭仙关。
云开忽见玲珑壁，水外微铺淡远山。
古道熟知龙洞崄，僧云胜在石楼间。
幽岩欲去无栖处，猎火烧空照夜还。

观卢岩寺瀑布二首

百尺烟中紫翠分，水光摇日雪纷纷。
长风碎曳千年石，飞雨斜侵半壁云。
涧底有人穿洞出，山间投砾隔村闻。
仙家只在深岚里，松腹犹存鸟篆文。

洞门长是带云关，竹杖深穿香叆间。
醉里放杯眠涧水，梦中和雨入卢山。
霞光射壁残碑出，松影流阶处士还。
潭下老龙呼不起，携将新月过烟鬟。

赠登封令傅元鼎

嵩山之奥有白鹤观遗址，偃盖松一株，亭亭可爱，元鼎图复此地，故末句及之。

麈尾一麾案牍稀，石淙潭水洗秋衣。
公庭叶落书常满，绝壁云开舄自飞。
入寺每教求藓迹，上山亲与勘松围。
梦中白鹤如相语，君是重来丁令威。

石淙二首

一区崖壑洗深清，傍崄随夷置酒锵。
石是米颠怀袖出，景如摩诘画诗成。
游人恰好中央坐，怒水常穿四壁行。
若把卢岩来比较，卢岩虽胜少幽情。

陂陀行尽见幽奇，想得川融山结时。
大辟嵩高知第舍，小分烟岭即园池。
崩云倒沫森森立，枕石听泉事事宜。
胜迹几人曾到此，摩崖碑上有娥眉。

嵩阳宫古柏封于汉，非汉物也，都玄敬以为三代时物，信然

看穷人代只青葱，山鬼那能记始终。
手把洛书逢大禹，眼窥日表见周公。
龙鳞抉石方知地，鹏翮抟天始送风。
纵使文成能诳语，问渠霞壁几时红。

又口占绝句二首

苔甲生生裂水波，苍皮十度手摩挲。
问君那只高如许，汉垒唐基积几多。

云散烟飞岫亦枯，风霜不上老肌肤。
山中怪事知多少，石母生儿定有无。

滴沥蓬书壁

蓬形如广字，石骨间沙砾。
泉脉似融冰，飘空偶一滴。

入超化寺水村，去密二十里

颓峦垒谷泻溪光，石上题名尚李唐。
竹叶送阴遮古寺，稻芒随水出山庄。
一林过雨芦花白，半壁疏云栗子黄。
犹记西风红蓼里，桐槽载网入潇湘。

密县天仙庙白松四首

手抚松围数匝行，润于肤色白于珩。
看来亦是天乔种，和月和霜种始成。

百尺亭亭干写空，虚阶浮日水玲珑。
青山好共陶弘景，欹枕闲听带雪风。

瘦玉崚崚数十盘，巢云老鹤梦犹寒。
若为貌出参天雪，更向南岗头上看。

传言天女化时生，毕竟移根种不成。
阅尽大官诸本草，上头未有白松名。

《荥泽县志》[清乾隆十三年（1748年）]隋堤烟柳图

清

王铎

顾炎武

钱谦益

龚鼎孳

吴伟业

屈大均

金农

袁枚

姚鼐

洪亮吉

厉鹗

康有为

王铎

四月杂咏

嵩山有老僧，石室闷烟雾。
十里登顿险，始得近其处。
遗枨古崖边，磬声不虚曙。
曲折石扇重，鞠躬获一晤。
十问无一答，但指门前树。
沵沵古泉流，翯翯依天羽。
陵缅觉有我，白云山上去。

二祖庵山崖

东崖喷飞瀑，声光烟萝里。
石室无人音，兀肰馀一几。
惑心砉尔遣，冲漠奚舍取。
月色豫流转，阴阳非不徙。
古条半死生，煎荡有所以。
兹焉隔尘嚣，天海得善止。
一鹤山外来，闲云不肯起。
淡风扫石床，风香摇红子。

卢岩

雪彩拔诸松，仰瞻貌欲恭。
当年逃内诏，今日想遗踪。
木拱斯人墓，堂虚何寺钟。
杳肰天象润，不独占云峰。

梦卧嵩山后深寂之峰

乍得古峰寂，药丛无垢氛。
意中忘冕绂，眼下生雷云。
未了岳神语，毕飞凤鸟群。
虚光天倏响，潭外花纷纷。

思嵩间书舍柬晖玉

书舍考中岳，雪田岁月深。
不求嬉冷石，只欲牧初心。
鸟智时将晏，鱼劳事尚侵。
岩香思诺责，收拾古人琴。

王亥山

在巩

摩荡初无已，辄思倒太玄。
浴暾吸海底，匿卉香人前。
寒暑岩为变，灵光庙不迁。
景留恬众虑，幽媚可能还。

入黄盖山后峰

记得曾题处，潇然众罄音。
缘云俯旷荡。履斗据高深。
异鸟寻灵木，贞花就古岑。
樵青催客兴，馀绿远沉沉。

登封金店次箕山

有形看不息，两日马蹄间。
古庙拥霡水，生烟续断山。
瓢沉人姓在，涧寂鸟声闲。
箕颖握云缕，年年谷口迁。

《荥泽县志》[清乾隆十三年（1748 年）] 黄河古渡图

太室石淙

古水灵源出，虚光碍列星。

鸿蒙擘地脊，峻极落天庭。

题石唐臣字，缺名夏禹经。

资吾为啸侣，烟户得长扃。

近寇巩国神堤山行

高眺苍龙脊，今来兴欲阑。

河随巩草折，风度宋陵寒。

踯躅依长剑，嵚崎历一官。

虎牢血战处，客泪向谁弹。

偃师至汜水

亦属长安路，乱离行者稀。

日凭孤鸟下，云携主山飞。

鞠旅多生死，谈兵验是非。

阴乘赤象变是月前十日辰时日无光，铁壁斗门微。

春末黑石渡舟行

昨日离家井，烟波为洒然。

光吞天已堕，峰走石俱悬。

晚磬何方寺，闲心万里船。

春期辜负尽，但恐又年年。

嵩溪闻六瑞来少林讯予

众情易得罪，况复为封章。
蓟北故人少，江南去驿长。
山迤季月白，花入野沟香。
伏毒听云碓，夷犹在一方。

违此相思处，也歌菜葛诗。
泣珠人莫辨，投杼母翻疑。
严谴终当去，明君无所私。
后庚微尚在，虑澹有江蓠。

嵩山

癸丑

大熊相络绎，鸿乙访高庐。
何处一声笛，群山清响虚。
花风吹古堞，梅雨滞神驴。
欲悟鸿濛诀，金庭受道书。

勾盘凌绝壁，百道走罡风。
岩贝遗真种，岳霧有故宫。
杯堪浮汝汉，剑欲倚崆峒。
白日孤烟上，长歌划混濛。

汝水崆峒在其南。

少林寺

众绿春先觉，千林醒一灯。
观心动静息，触处水烟凝。
风鬣松沟虎，秋鸣石窟鹰。
入山思寡过，搴药复何能。

顾盼少林之外

指点山山近，白烟停且飞。
贝花多隐秀，鬼谷有灵机。
梦妥千秋小，心休百事稀。
尧天与舜历，省否注严扉。

问石淙卢岩

三十六峰雪，何峰雪早销。
流声陪远客，引路与春樵。
老槖青冥古，香茅黑夜彫。
破邪归笨伯，幽涧自廖廖。

登少林寺后阁

几层寥廓上，日毂荡灵晖。
寇退樵僧至，天寒岳客稀。
声光凌静溆，出处揲高薇。
元化仙书表，年龄悟者稀。

有道箕山之趣

言及箕峰里，吾情能不移。
合流皆巽水，孤榻半高嵋。
紫蕙当风立，玄猿落日垂。
此中多隐客，五石遇阿谁。

颍源连不断，辞禄着山衣。
白雨身将老，青尊酒未稀。
眼中阴火灭，天外寿飞。
岂必梅岑去，悬船无所归。

京中想少林西溪

清溪空寂历，居止在人群。
半百流年过，犹然梦旧云。
蕉衣骨肉合，铁马柳张分。
迂性将何解，泉光若有闻。

思少林南涧

想到南溪上，人幽鸟与栖。
古书时未合，流水意多迷。
心事同秋树，浮生等醉泥。
所嗟私一已，又过几云西。

颍阳

昼日上西舂，仪图惬淡悰。
不闻人语至，但觌豹行踪。
习忍闲中悔，观身静后恭。
尧仁群木老，生计是山农。

青龙山望

此来多药蔓，不是烧痕秋。
野甸逢林喜，名山入蹔浮。
酌潭分众月，题壁铲邪萎。
却怕滟阳隐，夕岚更晚留。

少室山下与僧东渤海沤坐栗树坡见竹

今朝初见竹，道是野僧家。

便觉绿云切，不知溪水斜。

飞廉从瓦寺，蚤剪弄瑶华。

归去多余兴，山程锁暮霞。

贼退后问少室故舍

嵩阳有绝岑，抱独守高林。

无路堪为伴，不云亦自阴。

相知惶朗鉴，达意托鸣琴。

戒彼中华事，空伤万汇心。

答少林石钟僧

旧日在禅房，清斋独不忘。

新花开暗处，秋雨滴寒光。

力善无名迹，为心发慧香。

询来身侣梦，水上更彷徨。

黄盖峰有闻

幽兴随山触，足音与斗悬。
瘿松翻绿浪，飞石阁青天。
难得兵车合，空闻羽檄传。
祷嵩傥意注，目断部城烟。

与梦祯话太室后山

为言嵩涧好，深气静萧萧。
每夜从诗史，终朝共野樵。
虎蹄喧白水，禽语乱红椒。
佞佛存吾事，孤飞天外飙。

寄少林僧

旧识山中理，深山气不寒。
石间时濯足，洞外与传餐。
蛇径僧难到，龙巅我独看。
可羞离宝唱，雪磬落云峦。

暮抵汜水

乙卯

白日藏深树，高云澹暮天。
齐秦敞客路，鬓发砑流年。
雾冷饥乌下，风鸣落叶悬。
成皋争战地，立马万山巅。

郑州雪遇友

一月风尘内，相逢慰远离。
狐皮冲乱雪，驴背践残秜。
噩梦不堪笑，苍天真可疑。
蒯缑饶起色，心事在村醨。

嵩情示三弟鑨

六十颠毛短，无人共夏醪。
驰驱成底事，升斗亦徒劳。
药债鸣朝杵，嵩情触夜涛。
还家徇两臂，何面对云皋。

与少林僧问昙英

此时木石同，旧岭阻花风。
梦尽姑苏水，心悬太室钟。
衲衣沉破寺，香雪闭前峰。
憔悴今如是，踌躇见远公。

梦在王亥深峰上

此处深相契，混濛惬远栖。
忽然凌峭壁，恰好俯灵溪。
分粒癯仙降，经心老豹啼。
玄虚长自若，始得谢轮蹄。

答一衲示少林僧

香霭何曾减，几人雨后攀。
天风原不尽，吾杖可能还。
楸槚横高垄，貔貅隐乱山。
自怜头白去，洒泪告筼间。

登潘陵晚望太室

秋意俨然露，嵩容不自专。
更增淘药水，半废种姜田。
豹吼僧无惧，钟沉月欲圆。
皑皑天宇白，空澹未言还。

少林溪南退居

桥路达香积，绿莎气不同。
水流蒸雨日，门掩下山风。
塔影千龛外，经声双樹中。
坐来月欲堕，闲处磬相通。
丹穴观将止，白云抚未穷。
认吾万古宅，于此觅鸿濛。

繇伊洛、参驾店入萼岭道，暮至少林

离家才两日，开我芙蓉颜。
岂料肃清气，偏澄淡远山。
河光渐已没，鸟影不知还。
草木吟虚际，周秦阅旧关。
崎岖雪窦啮，窈窕石车镮。
背向金园色，吐吞玉女斑。
悠然景欲暮，率尔寺一湾。
古路复谁往，白云空自闲。
萧条溪剩月，回直樹依鬟。
万物吾何有，赏心随所攀。
谷空寻寂寂，禅悦识闲闲。
难道洞中客，不同霞外僩。
逍遥深夜坐，洒脱向来瘝。
坛静无人语，惟闻涧水潺。

友人病瘳喜慰，时予从嵩山来，投刺邀余饮，兼酬前月赠诗

茫然看世路，几处可开襟。
纵有高山调，难言知己音。
闲居竞敝帚，远去抱孤琴。
泉石元多癖，沉吟复至今。
术烹传越术，笻仗使人愔。
药罢知玄味，疾闲悟道心。
因兹红树里，不共碧山寻。
石仄幻身怯，磵欹苔面侵。
发蒙开旧识，涤虑若初临。
峰乱无平径，钟吹出远林。
束天兰若隘，刺峡栗根沉。
为忧看悬沫，谁携讲古蟫。
伯鸾半月别，曹洞十方谌。
僧竹为吾友，佛松当所钦。
绝巅歌浩荡，题险貌嵚崟。
有美在津溆，相思隔岭阴。
总饶添素发，端不负苍砻。
众岳即篱落，半规任骤骎。
仙人闲者是，世务静何侵。
肯让千秋后，寥寥止向禽。

《汜水县志》[清乾隆九年（1744 年）] 县城图

山阴谷懒龙潭观水帘瀑布，在钵盂峰东

石磐奇且多，潭邃懔难指。
高出已争前，错擘乃如此。
猱缘侧引藤，人历仰扳藟。
幸始扶鞍来，未能穷源止。
屈伸冻日流，层级淡烟始。
硌砠怪而灵，铺陈文则史。
初猜擘地肤，旋觉摩天咫。
万峛有尊崇，一龙分尾齿。
其先海乳成，或后云凝蕊。
不复辨炉锤，何能注火水。
火仍石所胎，水且山之髓。
旷古泻难庳，经今焰不毁。
沫霖贯有常，情性活无死。
沿溯宅深潭，跳喧化鲫鲔。

登少林五乳峰高阁

高台凌紫极，双岫敞青圩。
地势盘空阔，佛光现有无。
旷心高霭尽，独履众飚俱。
云上忘形色，人中竞紫朱。
说经层汉近，悬炬百灵趋。
慧入三华树，尊居五岳图。
星辰周帝座，龙虎卫天枢。

寂意休三甲，钟声醒七苏。
陟登遗世界，远迩小肥胡。
我亦为王子，岂非茹雪腴。

游蒋村及扶店访少林

田家雨内返，邀我至崇丘。
命子烹嘉莽，呼妻煮小犇。
为心洵笃实，其日自绸缪。
风谢午鸡叫，云扃健犊收。
钓艖无暇理，农器向春絿。
群动忘机械，野言觅土畴。
泉花幽独媚，耳鼻众香酬。
云破山形立，钟鸣寺影稠。
冲玄消愤恍，险涩果优游。
既谢征东路，却怜迨近沟。
村房共仆隶，山树荫龙虬。
此境为人事，何心夹旅愁。
白溪寻本末，丹壑费雕锼。
明发入镮岭，椒林访惠休。

与太室僧

太室何期到，五天书欲攻。
人情观局外，生计在亭中。
春恪蓓蕾雨，夏多艘艓风。
泥溪浑可亚，洛口未屈廆。
地脉云雷纠，人区垢腻空。
苔痕沾木屐，禽语聒丹枫。
隐几看帆过，濯泉揲卦终。
峦劚臻老寿，坦坦听玄虫。

上初祖庵

入林乘体健，况尔老僧招。
已觉无烦吏，自来度野桥。
攀缘摇宿雨，登顿遇遗荛。
灵气扶危石，秋光截苦焦。
升台松沂半，窥像壁全昭。
霁色延青黛，秋容嫐黑飚。
一身良兀兀，万卉独骄骄。
仙佛风轮转，云霞野火烧。
峭苍留窸窣，眷属共箪瓢。
便可薤名姓，斧斤作老樵。

王亥山

作镇洛东领灏元，削成峰势接天根。
开通二室风云府，周卫三川日月门。
纵使有花兼有水，可能闻磬更闻猿。
艮方凭吊神虬窟，大块茫茫拱帝阍。

鸿沟

雪飞那是深沟处，此地平分感慨赊。
官渡草枯藏冻兽，虎牢风劲卷饥鸦。
霸图惨淡居人少，血战模糊古道斜。
辅汉功臣谁带砺，夷犹懒去说龙蛇。

中岳庙火

古庙庄严金碧铺，揭来祥火变丘墟。
灵花锦石归馀烬，鸾葆虬车委乱途。
天地何心来恐懼，鬼神堕泪岂虚无。
三华二室剥床近，松柏风号夕照孤。

《汜水县志》[清乾隆九年（1744年）] 玉门古渡图

登五乳峰初祖、二祖庵

禅宗处处问袈裟，众绿低垂逐磵斜。
闳壑猱飞无甲子，深源蝶戏有桃花。
路封石倒何人井，碑破文斑几代霞。
禽鸟宁知兴废事，时来时去过僧家。

虚心

虚心少室有高峰，蟠木勾藤翠几重。
漫道红尘非误入，悔教幽石未相逢。
惯看姽婳裳前衮，只梦空灵雪里钟。
一枕一琴荣辱外，惟闻流水自淙淙。

叹登峰柬梦祯

望中犹见岳峥嵘，残破如今负旧盟。
为晦为晴两室色，相迎相送众溪情。
兴衰帝座人犹问，阻隔襄城路不行。
记得石床云竹好，卢鸿泉在枕边鸣。

黑石渡

洛汭襟喉古石亭，往来□□下岩扃。
西窥函谷三秦小，东去河流大海青。
戈甲全销歼土豹，农桑均慉赛村灵。
酒阑呜呜歌豳雅，何岁蔷薇送晚馨。

山中至巩子国宿

芝田客路水空流，积铁河崖涧气遒。
客恶黄尘寻晚憩，天教红叶媚深秋。
依稀灯影明官驿，旖旎钟声出县楼。
罢戍销兵须俟日，衾裯不敢梦商周。

登初祖庵

五乳峰西细迳高，禅堂突尔出山皋。
石光约束乾坤小，地气蟠回星斗牢。
殿鸽空飞觇禅代，烛龙不死奠风涛。
归来浑沌非人世，邃古灵烟满布袍。

与梦祯议颖阳深处

樵迹差池引别川，与君煮灶可分烟。
自开石牖通香瀑，已避金旌闪绛天。
教稼子孙皆似鹿，致斋仙释亦无籧。
何须更洗人间耳，旨酒雕梅不记年。

登岳庙天中阁看山感时

四围紫逻坐相忘，突兀高峰划大荒。
谁复凌空呼帝座，我今乘胜挹天浆。
香烟古庙通灵气，石路神丘点太阳。
冻草暮云无限意，汉家封禅旧山旁。

高阁凌虚岳色开，朔风萧瑟自天来。
秦关不断兵戈气，洛土还闻租税催。
极目紫霄双洒泪，放歌黄盖一登台。
何当甦却苍生望，惆怅岩泉愧不才。

共龙友登太室顶

曾闻荦跸上崔巍，望入山河万象开。
叠巘中天参玉柱，明霞旦昼出蓬莱。
虎蹄忽避寻源客，龙树常听讲法台。
绝顶可怜无一字游人全无题咏，侧身霄汉重徘徊。

宋陵

巩县

野树阴深古路高，宋陵一望暗萧骚。
龙收夜雨沉沉水，虎过寒沙泯泯壕。
地下衣裳空玉匣，人间宫殿失金寮。
徘徊时有嵩云入，飞去飞来落九皋。

重过虎牢

浊浪滔天隔太行，荥阳割据势分张。
并吞三国谁归汉，犹见寒雕泣战场。

游玉寨初祖庵五乳峰诸山

黄叶满林尚未凋，西风一杖上嶕峣。
何人云里降金虎，夜半峰头吹洞箫。
天鸡轧轧动虚峰，碧殿山头细雾封。
古篆刘根千百字，无言独倚一株松。
紫气垂垂在斗牛，真人骑鹤爱嵩丘。
莫言闲赋千山雪，池内瑶花不可求。

少林闻虎

霜风林后月色冥，山君前日下西坰。
自矜岩穴得安枕，避在深岩又不盈。

《汜水县志》[清乾隆九年（1744年）]野寺穹碑图

成皋道中

避地戎兵力不胜，愁看广武路崚嶒。
寒嘶匹马空山夕，落日无人见宋陵。
厌听家人说战争，黄花泣露为愁生。
中原不见闲虚里，仍点客兵往蔡城。

洛口

成皋西望木连空，雁叫渔汀夕照中。
欲吊窦牟山色远，荻花漠漠起秋风。

巩邑青龙山

古木潺潺贯石溪，游兵峭壑少安栖。
子规饶有伤心泪，啼到石溪不忍啼。

鸿沟

在荥阳河阴

夷门西去佩吴钩，广武城边野水流。
往事消沉何处问，断烟疏柳过鸿沟。

二祖庵石洞僧

石壁悬藤古洞清，僧言聋耳养余生。
佝偻惟看溪中月，肯说长闻兵火声。

顾炎武

三月十九日行次嵩山会善寺

独抱遗弓望玉京，白头荒野泪沾缨。

霜姿尚似嵩山柏，旧日闻呼万岁声。

少林寺

峨峨五乳峰，奕奕少林寺。

海内昔横流，立功自隋季。

弘构类宸居，天衣照金织。

清梵切云霄，禅灯晃苍翠。

颇闻经律余，多亦谙武艺。

疆场有艰虞，遣之扞王事。

今者何寂寥，阒矣成芜秽。

坏壁出游蜂，空庭雊荒雉。

答言新令严，括田任污吏。

增科及寺庄，不问前朝赐。

山僧阙飧粥，住守无一二。

百物有盛衰，回旋傥天意。

岂无材杰人，发愤起颓废。

寄语惠玚流，勉待秦王至。

嵩山

位宅中央正，高疑上界邻。
蓄波含颍汝，吐气接星辰。
二室云长拥，三呼响自臻。
淳风传至德，孤隐秘灵真。
世敝将还古，人愁愿质神。
石开重出启，岳降再生申。
老柏摇新翠，幽花茁晚春。
岂知巢许窟，多有济时人。

测景台

象器先王作，灵台太室东。
阴阳求日至，风雨会天中。
考极三辰正，封畿万国同。
吾衰今已甚，犹一梦周公。

卓太傅祠

在密县东三十五里大隗镇。

拱木环遗寝，空山走部民。
循良思旧德，执节表淳臣。
几杖中兴礼，丹青御座亲。
至今传俎豆，长接大隗春。

钱谦益

登封歌为王芥庵赠其尊人

主称千金客奉酬，高歌击筑燕市头。
道心篱下见黄菊，侠气霜前凌素秋。
羡君长鬋不碌碌，每笑腐儒何狗曲。
秋原侠少输臂鹰，春社儿郎解分肉。
嵩山王屋旧天坛，小驻人间亦未难。
他时天子登封日，投谒惊看靖长官。

龚鼎孳

过广武回忆壬午出使，时二十五年矣，抚今追往，为二诗以寓慨焉

二十年前此旧游，故人重到即并州。
凄凉往事闻吹角，忽漫余生感白头。
出水芰荷浮百雉，扳车老父识三驺。
飘零握节归何处，不为昆明劫火留。
造膝平台玉漏清，九霄霜月夜论兵。
铜仙沾洒千年别，城郭归来独鹤情。
跃马鸣珂无故侣，赐金乘传已前生。
不须重问邯郸路，总入华胥梦已惊。

吴伟业

题登封两烈妇井梧遗恨诗

焦太仆孙妇杨氏、牛氏

少室山头二女峰，断猿哀雁暮云重。
早题薛石留贞史，却写椒浆事礼宗。
恨血千年埋惨淡，寒泉三尺照从容。
碧梧夜落秋阶冷，环佩归来听晓钟。

送周子俶、张青琱往河南学使者幕六首

不第仍难去，栖迟幕府游。
几人推记室，自古在中州。
置酒龙门夜，论文虎观秋。
得依张壮武，挥麈尽风流。

少室多奇士，寻君到几峰。
山深惟杖策，云尽却闻钟。
文字真诠近，须眉道气浓。
相贻书一卷，归敕葛陂龙。

子俶好道。

二陆来江左，三张入雒中。

赋夸梁苑雪，歌起邺台风。

伧父休轻笑，吴侬雅自雄。

短衣频贳酒，射猎过城东。

谁失中原计，经过废垒高。

秋风向广武，夜雨宿成皋。

此地关河险，曾传将士劳。

当时军祭酒，何不用吾曹。

极目铜驼陌，宫墙噪晚鸦。

北邙空有骨，南渡更无家。

青史怜如意，苍生遇永嘉。

伤心谭往事，愁见雒阳花。

河流天地尽，白日待销沉。

不谓斯文丧，终存万古心。

典坟留太学，钟鼓起华林。

清洛安澜后，遗编定可寻。

《汜水县志》[清乾隆九年（1744年）]竹林活水图

屈大均

具茨

帝受神芝箓，天开大隗宫。
白云迷七圣，黄盖导双童。
有象成金鼎，无为合上穹。
龙颜如暾日，瞻望具茨东。

巢父墓

却笑箕山客，幽光使帝知。
至人无物累，天下有尧治。
饮犊临清涧，悬瓢在上枝。
高风何处溯，遗墓草离离。

题箕山石上

巢许非吾志，林泉偶自闲。
如逢尧舜禅，岂肯入箕山。

金农

旧有写经砚，自为铭曰：“白乳一泓，忍草一茎，细写贝叶经，水墨云山粥饭僧。”属广陵高翔以八分书之，汪士慎镌其背。往岁携游京师，僦居慈仁寺。六月多雨，青苔及榻，客厨时时断炊，竟易米于贵人矣。今偶登嵩山，过片石庵，阅释氏之书，休憩树下。忽念故物，率成二诗。诗中杂述所感，不专言砚也

紫衣三载已飘零，笔墨无缘再乞灵。
今日斋堂空一饱，思惟树下怅幡经。

手闲却懒注虫鱼，且就嵩高十笏居。
到处云山到处佛，净名小品倩谁书。

袁枚

周世宗庆陵

海内风尘极，英雄天子生。
山河归智勇，气数限功名。
日角龙冈出，云阳凤辇行。
有书皆御览，无战不亲征。
文物歌周雅，明堂启汉京。
三关谈笑得，五季浊流清。
铜像先销佛，金河待洗兵。
降旗江上竖，春酒草桥迎。
华夏威全摄，燕云意力争。
先难仁者事，柔远圣人情。
一旦轩弓坠，千年禹甸倾。
中原从此歇，内地几人耕。
朝觐讴歌改，孤儿寡妇惊。
锦囊书惨淡，玉钺涕纵横。
万里经纶志，高天甲马声。
河南好秋月，只傍庆陵明。

虎牢关

客行未回头，马首忽然仰。
上书虎牢关，石碑字西向。
黄土夹青天，白日气凄怆。
势与来者敌，路偏绝处创。
杀马可填道，万军一夫扛。
虽无战争旗，尚留割据样。
我从西秦来，大雨逢秋涨。
前车山外响，后车谷口让。
升如井底蛙，坠如下天状。
又如走漆城，荡荡不可上。
缅怀春秋时，宋郑所依傍。
洎乎楚汉间，成皋一巨障。
雄图一瞬空，地险千年壮。
郁郁怀古心，浩歌寄惆怅。

姚鼐

王少林嵩高读书图

我初访子在扬州，天寒携手王梦楼。
破窗灯暗风飕飕，拥褐无伴声伊优。
推阖径入惊仰头，王君戏子令子求。
指我君识是子不，多君曾未一面谋。
道我姓字能探喉，王君抚掌笑合眸。
一朝省试同见收，无锡尚书宾馆稠。
朝退论经几客留，召我与子时从游。
王君先达居上头，我才于世真一鲰。
俯仰郎署斑生彭，尚书零落今山丘。
王君放浪江湖舟，邈然罢郡归几秋。
笑我滞迹犹贪媮，君如百炼不改镠。
名在吏部将鸣驺，伟建功业为民休。
正当容我狂不羞，少日读书老壮猷，回思故迹真云浮。

梦楼、少林及鼐皆出秦文恭公之门，而梦楼为前辈。

洪亮吉

荥阳城

荥阳城，高百尺，因阜筑城如铁色。
汉王夜出城西门，荥阳以东属楚人。
惜哉一鹿抵死争，食肉不足思分羹。
当时若翁幸不烹，乃火纪信燔周生。
嗟嗟两烈士，殉主亦殉名。
我行天下历州七，奇险无若荥阳城。
君不见，荥阳城，值太平；排百雉，无一兵。
司关午卧门掩扇，百战古城今下县。

自密县至登封谒嵩高山，留山下三日，遍游嵩阳书院及少林寺，回途访三石阙

中牟及郑州，风黑已三日。
行经大隗山，谷险忽距辙。
天青被原野，气候亦殊别。
十里辄一亭，穿云到新密。
山光时破碎，风卷出林栗。
一谷石若羊，高下啮马膝。
地肥峦翠暖，村叟夹衣出。
马尾别大隗，马首揖太室。
洗眼洧水滨，看山庶真切。

四面各万里，兹山天当中。
言寻古图书，名号有独崇。
足踏河洛流，背与三途通。
赤日照上方，正如心在胸。
谁云无神仙，轩昊已筑宫。
天帝汤沐饶，嵩阳与登封。
自非雨露殊，何以岁屡登。是冬大有年。
不见长松枝，亦扇天门风。
登封坛处南，外方祠在北。
惟留少室峰，割作化人宅。是冬大有年。
祠前一株柏，屋外太古石。
言从天地始，便已挺孤直。
轩辕雨七昼，尧代雪三尺。
倘欲与细论，长风闪林黑。
太室少室阙，开母季度铭。
兹文在世间，一字一列星。
我来游嵩高，兼谒县吏庭。
觅得数拓工，南北敢暂停。
如猨升松梢，先剥苔藓青。
闻声不见人，墨汁树杪零。
三日始毕工，为文谢山灵。
字既径寸奇，文亦比六经。
牛车驮百张，回铺草元亭。

自少林寺携僧欲登少室峰，以积雪不得上，还憩子晋峰待月

山空无定影，云白亦疑花。
坐待轘辕月，聊烹塔院茶。
曾闻饵云母，谁解赠丹砂。
五岳此游四，还家鬓未华。

余曾谒真定恒山及六安霍山，壬寅复陟太华，与此而四。

早发郑州

此地通河洛，车声彻旦昏。
适逢秦岁首，来过郑时门。
百战荒原在，三椽遗爱存。
土垣青不断，一线上朝暾。

郑州十八里铺

连闾击柝破林昏，候吏迎人过一村。
无数鹊声原上起，日光浓塞戍楼门。

自郑州至新郑道中作

郑州及新郑，百里劣不足。
程其土色坚，乃可砺刚镞。
森森秃丘阜，厥性不宜木。
行过郭店驿，益觉欹地轴。
土门何阴森，冈陇愈回复。
出如囊露颖，入讶车脱輹。
是知名函陵，曾不异函谷。
前行泥没踝，后瞩尘眯目。
危桥经洧水，我马行始速。
十里陉山青，原田亦输绿。

早发新郑作

陉山月落尚有星，红烛乱注幽禽惊。
坡陀逼仄若行巷，杨柳缺处天初明。
濛濛岂独衣垂雾，点滴初明马头露。
天寒十月已有梁，无假缩足升车箱。

将至颍水桥

高原日午露初收，红叶疏林尚带秋。
岸势欲南冈自北，一条清颍向中流。

《汜水县志》[清乾隆九年（1744年）]柏庙晴烟图

人日抵郑州，巡抚景安远遣人相迓，书此报谢

握别梁园已八年，忆君风味逼前贤。

大河南北频经歉，好为苍生计息肩。

人日聊登百尺楼，繁台东望久淹留。

破除旧例吾何敢，瘦马羸童入郑州。

君清素如昔，一切酬应送迎之礼皆绝，今独遣一介相及，是以云。

衙斋联句记经时，风雪甘凉苦致思在甘肃筹边最久。

尚以书生待开府，逢人仍索忆山诗君所著有忆山诗草。

王大令复专人约游偃师，余以驿路迂回未果，翊日从冈里渡河，半渡风发，舟几覆，日晚仅得抵南岸，因徒步携从子两门生至惠济桥行馆宿，却寄大令一首

故人一别经岁时，封书约我游偃师。

把书沉吟复东走，尘土随人已三斗。

津头尘暗风尚微，挂席如马从风飞。

忽惊风从半空旋，长年大呼人语乱。

眼看北岸离才尺，帆急欲收收不得。

一风吹舟舟转轻，楼橹尽讶凌空行。

萧然天末一使星，河伯已遣鲛人迎。

盘涡欲下仍未下，恶浪幸从船后泻。

舟人心定客始猜，欲抵岸北偏南来。

耸身一跃得平地，观者居然诧神异。

邻舟望我竟若仙，余艇尚在风中颠。

君不见故人此日迟高会，客卧津亭自颠沛。

瓦灯一盏土桥南，且唤行童理生菜。

时觅食物无有，仅得生菜数把。

黄河阻风却至惠济桥行馆，晚携从子门生至桥东玩月作

寂寥山馆许停骖，酒薄都怜兴未酣。

多谢北风能款客，吹帆三日住河南。

颓墙三折路参差，拂树先惊鹊踏枝。

艳杀野桥山店月，不妨人去立多时。

八月十五夜，中牟旅次，邀李巡检宜春及逆旅主人共饮待月

李自甘肃解饷回

居然一斗郑州酒，复有双尾荥阳鱼。

秣陵醉尉兴不浅，逆旅主者言非迂。

秋花丛丛入檐隙，眉上都飞一轮月。

回汀风势疾转徐，出水月光凹复突，

酒行千巡客将起，头上玉箫吹不已。

主人长啸客亦呼，秋燕惊飞鹊巢里。

官漏亦已绝，车铎又复喧。

明晨醉眼上铁塔，饱看万笔挥如椽时值秋试。

张太守凤枝谪戍伊犁，以爱姬寄其姊荥阳令署华太君处。越岁，太守札太君偶不及姬，姬本思忆成病，复因诗衔恨，遂雉经卒。太守自戍所还，伤之，属赋此诗

繁台几化望夫山，却待征人久未还。
情到死生何以报，挥残老泪入阳关。

七千里外别销魂姬，贵州人，十五年前誓尚存。
郎不薄情侬薄命，再生端欲入空门。

地府永埋千载恨，天山不寄一行书。
伤心三尺生绡影，入梦多时尚未除。

索岭盘江叹远宦，相随几见月团栾。
定情金缕裙犹在，摺向空箱不忍看。

东坡南海公西海，暮雨朝云梦总空。
寂莫小桃坟上树，异花犹染泪珠红。

魂小仍随油壁回，忆郎门向里河开。
筑他燕子楼千尺，供养平生画像来。

瞥见惊鸿影未真在贵阳日，太守曾唤姬出拜，青绫步幛动游尘。
多应平视刘公幹，罚作新诗悼洛神。

尚有西台谳案存，誓心终不出侯门。
九原若遇河阳令谓陈大令熙藩，时亦久卒，更欲低头拜昔恩。

广武叹

一日哭，留狂名。
百日醉，留酒名。
酒名狂名俱不免，先生能作青白眼。
驱车何茫茫，广武何荒荒。
当时楚与汉，莽莽百战场。
百战场，斜日下。
竖子成名尚堪诧。扰扰何况牛与马。

阮籍登广武，观楚汉战处叹曰：“时无英雄，使竖子成名！”籍能为青白眼，见礼俗之士，以白眼对之。

厉鹗

观汪青渠所藏嵩山诸碑版拓本六首

汉启母庙石阙铭

开母化为石，其事本荒诞。
何年六六峰，石阙字漫漶。

东魏嵩阳寺碑

运归贺六浑，悲吟后汉书。
可怜嵩阳寺，赑屃劫灰余。

秦王赐少林寺主教

逆竖德充符，一干思驱羊。
当时歼除力，何以资空王。

天后夏日游石淙诗

金轮昔垂衣，追暑平乐涧。
仙岩类削成，几人侍游宴。

唐裴漼少林寺碑

传闻三花树，香雨遍诸天。
何日持苕帚，心空初祖禅。

唐尉迟汾嵩山灵胜诗

名岳镇中畿，灵异纷不一。
欲从刘根游，吾其采芝术。

康有为

三月二十一日夕渡黄河桥荥泽口

七年不见黄河水，近日重看流弥弥。

暮烟隐隐山水紫，河中浩渺多洲渚。

欲游嵩山未果，自洛北行车，忽睹嵩山，圆径直上，岩荛参天，大地未见此异也

惊看玉柱上承天，峻极嵩高瞻在前。

二室莫分峰六六，五云想涌界千千。

香炉雄杰凌清汉，圆峤崚首郁紫烟。

大地周流无此岳，中天未到想游仙。

石母阙

石作开母太奇荒，古阙双存嵩岳阳。

篆文百数尽多在，应与二室阙同长。

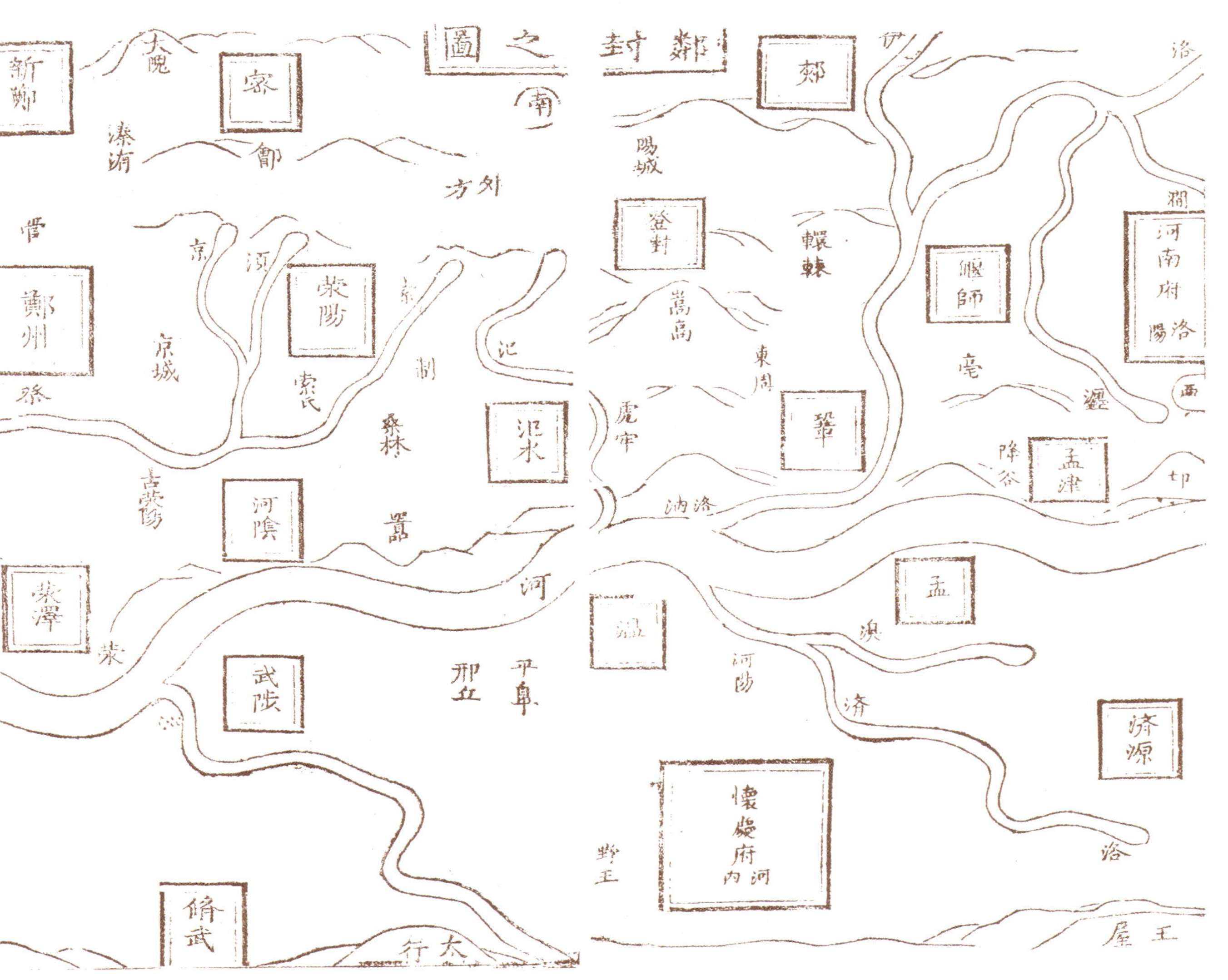

《汜水县志》[清顺治十五年（1658 年）] 邻封之图

图书在版编目（CIP）数据

郑州古代诗选 / 郑州市地方史志办公室编著. -- 北京 : 中国水利水电出版社, 2021.12
（郑州市地方史研究丛书）
ISBN 978-7-5226-0211-0

Ⅰ. ①郑… Ⅱ. ①郑… Ⅲ. ①古典诗歌－诗集－中国 Ⅳ. ①I222

中国版本图书馆CIP数据核字(2021)第252364号

选题策划　马爱梅　宋建娜　李慧君
责任编辑　罗　汐
书籍设计　李　菲　龚　煜

丛 书 名　郑州市地方史研究丛书
书　　名　郑州古代诗选
　　　　　ZHENGZHOU GUDAI SHIXUAN
作　　者　郑州市地方史志办公室　编著
出版发行　中国水利水电出版社
　　　　　(北京市海淀区玉渊潭南路1号D座　100038)
　　　　　网址: www.waterpub.com.cn
　　　　　E-mail: sales@mwr.gov.cn
　　　　　电话: (010) 68545888 (营销中心)
经　　售　北京科水图书销售有限公司
　　　　　电话: (010) 68545874、63202643
　　　　　全国各地新华书店和相关出版物销售网点

排　　版　北京金五环出版服务有限公司
印　　刷　北京天工印刷有限公司
规　　格　210mm×285mm　16开本　23印张　538千字
版　　次　2021年12月第1版　2021年12月第1次印刷
定　　价　228.00元

凡购买我社图书，如有缺页、倒页、脱页的，本社营销中心负责调换